モザイクのきらめき

―― 古都ラヴェンナ物語 ――

光吉健次 著

九州大学出版会

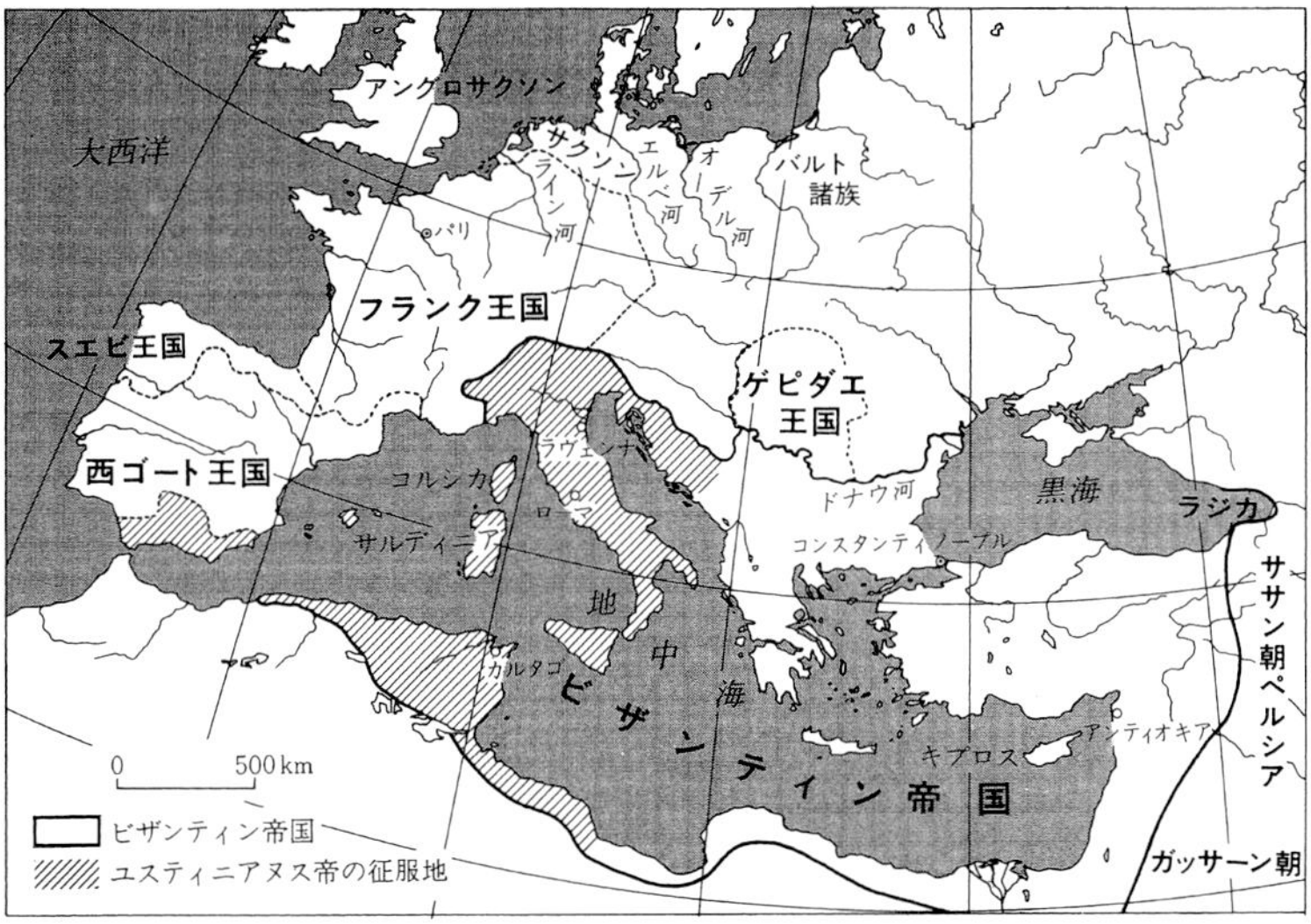

図 1　ユスティニアヌスの帝国（527-65年のヨーロッパ）
（出典：E. ギボン，朱牟田夏雄，中野好夫訳，ローマ帝国衰亡史（6），ちくま学芸文庫）

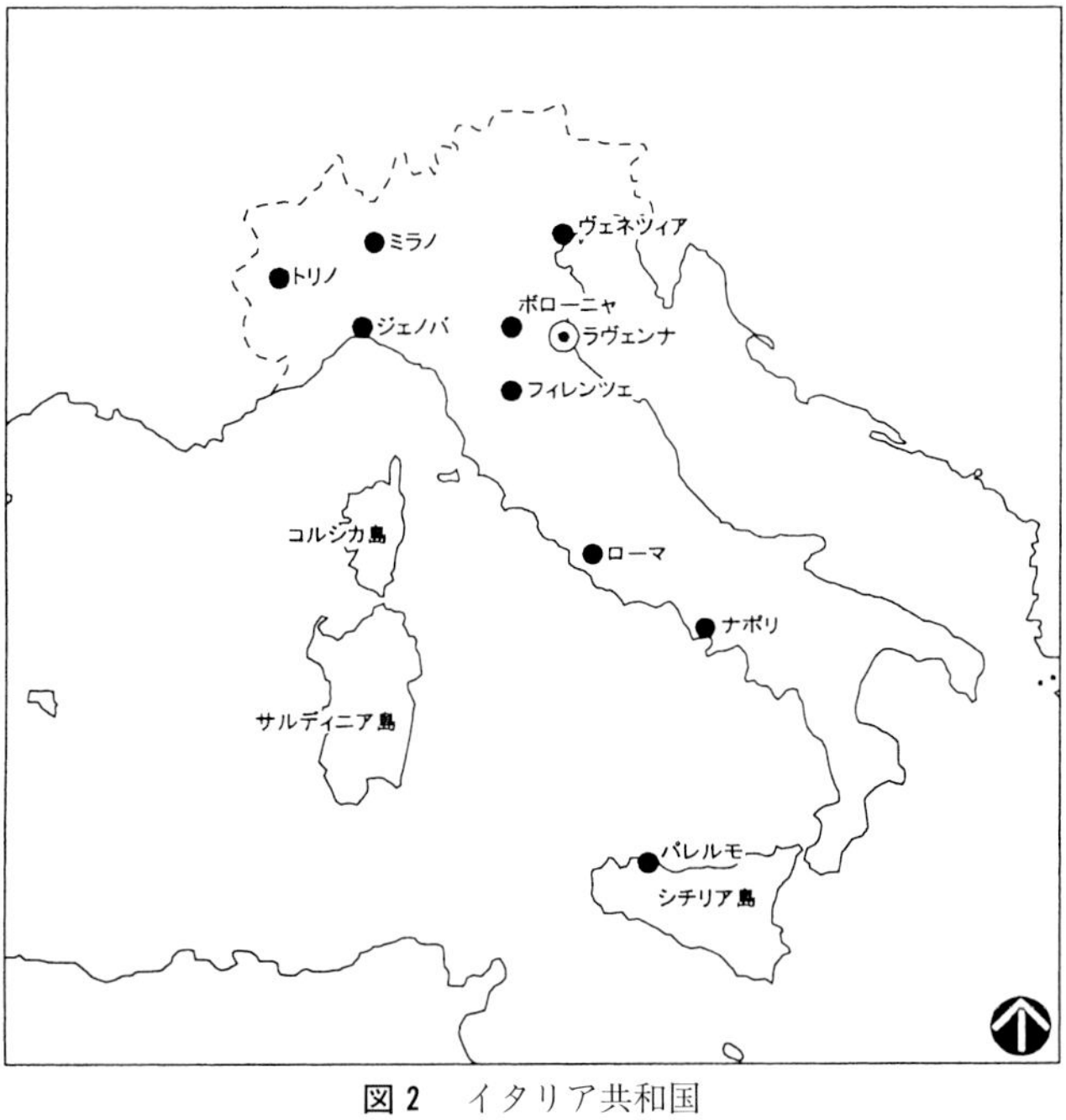

図 2　イタリア共和国

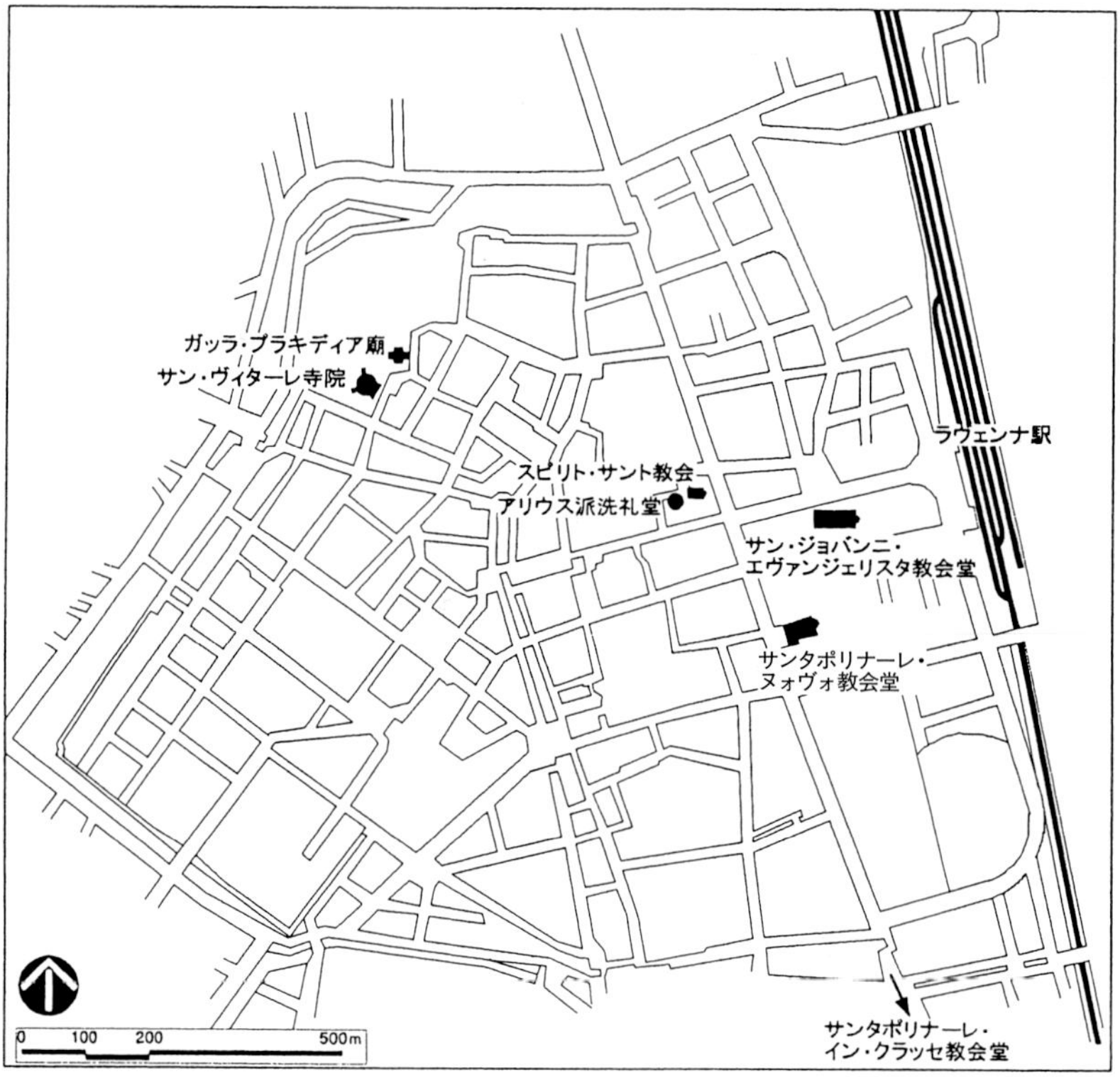

図 3　ラヴェンナの市街地

写真 1　ガッラ・プラキディア廟，外観

写真 2　ガッラ・プラキディア廟，入口

写真 3　ガッラ・プラキディア廟，内部

写真 4　ガッラ・プラキディア廟，内部から天井

写真 5　サンタポリナーレ・ヌォヴォ教会堂，内部（天井の間の玉座の聖母）

写真 6　サンタポリナーレ・ヌォヴォ教会堂，内部（聖女の行列部分）

写真 7　サンタポリナーレ・イン・クラッセ寺院，外観

写真 8　サンタポリナーレ・イン・クラッセ寺院，内観

写真 9　サンタポリナーレ・イン・クラッセ教会堂，内部，後陣

写真10　サンタポリナーレ・イン・クラッセ教会堂，内部，後陣，
中央にキリストの顔のある宝石と金で装飾された十字架

写真12　サン・ヴィターレ寺院，中庭

写真11　サン・ヴィターレ寺院，外観，手前は著者

写真13　サン・ヴィターレ寺院，外観

写真14　サン・ヴィターレ教会堂，内部，後陣左側，ユスティニアヌス帝の雄姿

写真15　サン・ヴィターレ教会堂，内部，後陣半円ドーム，
水色の球に腰掛ける救世主キリスト

写真16　サン・ヴィタ-レ教会堂，内部，後陣の天井

写真17　サン・ヴィタ-レ教会堂，内部，後陣半円ドーム

写真18　サン・ヴィターレ教会堂，内部，内陣左半円部，アブラハムの生涯

写真19　サン・ヴィターレ教会堂，内部，内陣右

写真20　サン・ヴィターレ教会堂，内部，テオドラ妃

序

本書は、著者の『明日の建築と都市』（九州大学出版会、一九八八年）、『遺産と創造』（海鳥社、一九九四年）に続く三作目の著作となります。

筆者は、平成十二年二月十日に脳梗塞を発症し、同年三月八日享年七十四歳にてその生涯を終えています。本作品執筆中の急逝であり、おそらく二度目ぐらいの粗い校正を行っている途中の原稿を、作品としてまとめたのが本書となります。

本書は、建築家であった筆者が中世の一時期に西ローマ帝国の首都であったラヴェンナにおけるモザイク文化の伝承と発展を、物語風の作品として創作しており、筆者の従来の作品とかなり趣が異なるものとなっています。

筆者の建築の知識、ガラスの歴史等に関する造詣とイタリアやトルコ等への旅行をとおしてのインスピレーションとを一つの小品としてまとめたかったという生前の希望に添う形になれば、また、日本の構造転換の中での建築に対する厳しい状況下、若い方々に本作品を読んでもらいたかったという本人の希望もあり、本作品をとおして、建築の持つ裾野の広さを感じていただければ幸いかと考えております。

なお、本書はラヴェンナの歴史のなかにモザイクの美しさをとりあげており、筆者の創作と思われるモザイク職人ガルスの記述を除いて、筆者が参考にした著作は、書斎に残された書物を探し、巻末に参考文献として掲載させて戴いておりますが、筆者のオリジナル以外に参考にしているけれども記載がないなどの点がある際は、引用しなかった著者、先生方に深くお詫び申し上げる次第です。

本作品を出版するに際しては、九州大学の萩島哲先生をはじめ、諸先生方に、出典の確認や、写真の選出など一方ならぬご尽力を賜り深く感謝しているものでございます。紙面を借りて深く御礼申し上げます。

なお、本書に掲載したラヴェンナに関する写真は、筆者及び母の撮影によるものです。

長男　光吉桂太郎

目　次

モ・ザ・イ・ク・の・き・ら・め・き

――古都ラヴェンナ物語――

プロローグ

　イタリアの北東部、アドリア海に面してラヴェンナという町がある。現在静かなこの町が、かつて西ローマ帝国の首都としての役割を「ローマ」から「ミラノ」へ、そしてラヴェンナへと受け継ぎ、五世紀の初め頃から八世紀頃にかけ、中央ヨーロッパにおけるイタリアの新都として繁栄したことを知る人は、あまり多くないと思う。

　ローマの町は、それまで宗教を始め元老院による政治の力によりその地位を保っていたものの、五世紀前後から数度にわたる外敵の攻撃や占領により、町は疲弊し、一時はその人口が三万を切るほど衰退したと言われている。そして、六世紀に入り徐々に活気を取り戻し、キリスト教の総本山としての地位を回復するまでかなりの時間を要している。一方、西暦四〇二年に首都が移転したラヴェンナは、時には外敵の攻撃を受けることもあったが、西暦四七六年に西ローマ帝国が滅亡する時期は別にして比較的安定した状態を維持できたためか、多くの教会堂が建設されていた。しかもその教会堂の大部分にはモザイク・ガラスによる宗教的壁画が描かれ、現在もそのほとんどが完全に近い状態で残されており、これらの壁画がラヴェンナの町の当時の繁栄を示しているかのように思われる。モザイクによる点描画が織りなす華麗な雰囲気にひたりながらその背景を調べていくとき、攻撃と防衛を繰り返しながら衰退の道を辿った西ローマ帝国の歴史のなかで、ラヴェンナの町がどのように生きようとしたかを知ることができる。

Ⅰ　分裂と胎動

ローマ帝国が、その国土の領域を最大限拡張したのは、西暦九六年から西暦一八〇年の五賢帝の頃にかけてと言われている。そこには地中海を取り巻く、現在のエジプト、イスラエル、シリア、トルコ、ギリシャ、イタリア、フランス、スペイン、ドイツ、イギリス等多くの国々が含まれていた。この広範囲にわたる領土を統治するため、多方面に向かう道路網の建設が進められ、紀元前三〇〇年頃に造られた最初の軍用道路アッピア街道から数百年をかけ、帝国を覆う道路網が完成した。その全長は八万キロメートルと言われており、このような道路網は、中世においても匹敵するものは見られないが、近世や現代においても、これを超えるものは皆無といえよう。西暦三三〇年頃には、「ボルドーの巡礼者がローマの道を通りエルサレムへ旅をすることができ、しかも五、〇〇〇キロメートルの大部分は良い道を通った」とあり、当時ボルドーからミラノ、アンカラを経てエルサレムに至るルートの存在が明らかになっている。旅をするだけでなく、軍隊の移動、商業、貿易の拡大、さらに民族の移動や外敵の侵入も見られたであろう。道路網の整備は、中央集権性の確立に有効であったが、反面、外敵にとってもその侵略に役立つことになった。

帝国が力をつけ、領土を拡大し、道路網の整備を進めたものの、軍事力だけで全域を統治できるはずがなく、占領下の治世に不満をもつ国境周辺の蛮族達の反発、抵抗が、やがてローマを悩ますようになった。結果として、これまでのような攻撃だけでなく、防衛も重要な要素に加わってきたのである。この守備態勢を維持するため、防衛線を分割し、担当責任者を決めて攻防一体のシステムを考えついたのがディオクレティアヌス帝で、西暦三〇〇年の頃であった。

当時ローマは、その支配権力を維持するため、二人の正帝と二人の副帝の制度を設け、四分統治により帝国の統一を図ろうとしたのである。即ち、第一正帝のディオクレティアヌスは小アジア、ニコメディア（エーゲ海東部）、マクシミアヌス第二正帝（二八六―三〇五）は北イタリア、ミラノを、ガレリウス副帝（後に正帝となった）は東方のドナウ川中流域とシルミウム（ドナウ川の川岸都市）を、コンスタンティウス副帝は西方のガリア（フランス）、ヒスパニア（スペイン）、ブリタニア（イギリス）を統治することになった。正帝が紫衣を脱ぐと副帝が規定により正帝の地位を与えられることになっており、各帝の在位年数から判断すると、西暦三〇五年に権力の譲渡が行われたことになっていた。しかし、事実はそうではなくディオクレティアヌス帝が亡くなると、帝位争奪が激しくなり、退位したはずのマクシミアヌス帝までも、首都ローマ支配の闘争に加わることになり、帝国は不安定な状態に置かれることになった。その後西暦三一四年、ローマ帝国はコンスタンティヌス帝と、リキニウス帝により二分し統治されることになり、前者は西方の帝国元首に、後者は東方帝国元首として君臨することになった。西暦三二三年リキニウスは反旗を翻し、ローマ帝国を支配しようと兵を挙げたが戦いに敗れ、ローマ帝国はコンスタンティヌス帝により再統一されることになった。そして、帝は新都をコンスタンティノープル（現イスタンブール）に移転したが、それまで彼はローマの町においてバシリカ聖堂を始め、教会、霊廟等の宗教施設、公共浴場、さらに次の年には自己の戦勝を記念する凱旋門の建立を推進していた。この壮大な都市ローマをそのままにし、何故当時最も不便で僻地と考えられる東方のコンスタンティノープルに都を移転したのか、理解に苦しむ点なきにしもあらずである。しかし、この新都を移転するという考え方は、先にふれたディオクレティアヌス帝が第一正帝として東方を統治した時にも議論されていて実現しなかったものである。帝が主張した最大の理由は、ローマの位置が帝国全体を統括するためには、極めて遠隔の地にあるということで、ローマは首都としての役割を果たすには適当でないという判断であった。この理由以外に、ローマにおける貴族の異教信仰が根強く、キリスト教普及に適さないとする説もあるが、帝がそれほど強いキリスト教信仰者であったかどうか疑問は残る。この結果、ローマの町は皇帝権の所在地としての地位を失うが、ローマ貴族と元老院による政治的影響力を維持しながら、西暦六世紀から七世紀にかけての衰退期以外は、永遠不滅のローマとしての役割を果たすのである。

帝は新都コンスタンティノープルのため、後世のために多くの貢献を行った。特に歴史に残る偉大な功績を取り上げると、一つは新都を取り巻く城壁の建設であり、他の一つは、キリスト教迫害令の停止を命じたことである。新都の城壁の建設は長期にわたっており、その建設期間はテオドシウス二世帝の時期を含み百数十年に及んでいるが、城壁の完成は外敵からの攻撃に耐え、その後の東ローマ帝国の安定と一、〇〇〇年有余にわたるビザンティン帝国の繁栄に寄与した点は、高く評価されよう。また、四十歳頃までは伝統宗教の信奉者であり神殿の修復等を行っていた帝が、キリスト教弾圧を停止するため西暦三一三年ミラノ勅令を発令し、迫害を受けたキリスト教会の平和を回復するため大いに力を注いでいる。大帝は臨終の病床でキリスト教の洗礼を受け庇護を加えているが、このことはその後のキリスト教の拡大に大きな役割を果たすことになった。何故大帝が伝来宗教を自ら捨ててまでキリスト教に傾倒したのか興味ある問題であるし、同時に、キリスト教がその勢力をいかにして拡大したかについて触れる必要があろう。しかし、この問題は当時に至るまでのキリスト教の歴史全般に触れることでもあり、内容が複雑で手に負えそうにない。ここではミラノ勅令前後の状況から、ローマが宗教により回復する八世紀頃までを、歴史の進展に対応しながら簡単に取り上げることにする。

ミラノ勅令以前におけるローマのキリスト教の総主教（後の教皇）の監督下には、既に西ローマ及びバルカン半島の地域が含まれていた。しかし、そのキリスト教の教義の解釈に関しては、必ずしも一致しておらず、正統を主張するものは、他を異端としてかなり長期にわたり論争を行っている。その一つの代表的例として、アレキサンドリアの主教アリウスによる解釈がある。「神の子キリストがいかにして神自身でありうるか？」「キリストがいかにして人間であり、同時に神であり得るのか？」という疑問に対して、「御父のみが真実の神であり、御子キリストは本質的に父と異なっている」として、アリウスはキリストの神性を否定している。理論的に明快であるため、一般に流布され東方で普及したが、同時に「父と子と精霊は一体である」という、アレキサンドリアの主教アタナジウスの三位一体論と対立した。ラヴェンナにおいても後に教会堂の建設に対し宗派の対立がみられるが、この論争は皇帝自身によって開催された第一回公会議において、アリウス派を異端と決定した。しかし、後のコンスタンティウス帝の時代にはこの決定が逆転しており、その後アリウス派が分裂しその力を失ったため再逆転し、三位一体論が正統の地位を獲得するに至ったのである。正常化するのにやや時間がかかっているが、アリウス派の教会が正統な教会堂に変わることに、信者の抵抗がかなりあったからであろう。

＊　＊　＊

西暦三七五年頃からフン族がドン川を渡り、ヨーロッパに出現しはじめたが、このフン族は同じ頃インドにおいても姿を現しているので、かなり大きな勢力を維持していたのであろう。インドのグプタ王朝は度々にわたりフン族の侵入を受け、打ち破ることもあったが彼らをパミールに追い返すことはできなかった。この蛮族の好戦的で極めて残虐であるという評価は、ローマにも伝わっていた。フン族発生の起源は明らかでないが、中央アジアの草原を基盤に、遊牧を主体とする騎馬民族であって、スキタイ族という説もある。彼らはドン川を渡り、東ゴート族を攻めて征服し、さらに西ゴート族に対しても圧力を加えるに至った。フン族の力に押されたこれらゲルマン民族は敗退しローマ帝国領域内を移動することとなったが、ローマとしても簡単にこの移動を受け入れることはできなかった。このため西ゴート族とローマとの間に戦闘が始まり、ローマのテオドシウス帝がゴート族を抑え、ドナウ川を挟んで一応の安定を見ることになったが、当時西ゴートの王は、後にイタリアを侵略するアラリックであった。これ以後、ゲルマン民族の大移動が開始されたのである。

東ゴート族と西ゴート族の移動に対し、ローマ帝国はその国境の防衛に力を注いだ。そして、この侵略を抑えて一応の安定をみたものの、西暦四〇〇年前後ローマ帝国支配下のイギリスから黒海に至る防衛線は到るところで寸断され、結果的には国境線を放棄し縮小せざるを得なくなった。これまで攻撃、領土拡大に明け暮れたローマ帝国は、防衛に専心するという新たな事態に立ち至ったのである。テオドシウス帝は三十三歳で紫衣を受けこの難局に立ち向かったが、彼はその風貌や威厳ある容姿、知力等により、英帝として国民の期待を担ったものの、彼の功績等については史書にもあまり残されていない。しかし、次の時代のローマ帝国をいかにして維持し、発展させるかを自己の課題として考えていたに違いない。そして、ローマの市民や軍隊の間に見られるゴート族に対する恐怖感を取り除き、個々の都市の防衛力を一斉に強化することにより秩序を回復する努力が払われた。これにより各戦闘部隊が自覚を取り戻し、戦力の増強により市民もその生活の安全に自信が生まれ、やがて士気も高まり出撃を繰り返しながら、都市を安定化させることに成功した。しかし、都市という小地域の平和を維持することは容易であっても、それがローマ全体の秩序を維持することには必ずしもつながらず、最終的には、テオドシウス大帝はローマを分割統治することを決断した。それは、かつてローマ帝国が四人の正・副帝による分割統治ではなく、帝国全体を二分し、東西別々の国と皇帝による統治であり、実現したのは西暦三九五年のことであった。

西ローマ帝国はホノリウス帝、東ローマ帝国はアルカディウス帝に二分されたが、その統治者はともに大帝の息子であり、東帝が長男、西帝が次男であった。即位した時は、それぞれ十八歳、十一歳で、若年のため補佐役が置かれることになった。また、首都は西がミラノ、東がコンスタンティノープルとされたが、両国の国境線はそれほど明確ではなかった。西ローマ帝国の首都がミラノに決められた原因の一つに、これまでのローマは南に片寄りすぎて、国境線に出兵するときや情勢の裁断を仰ぐとき、時間がかかりすぎる欠点があった。その点ミラノは優れており、とくに出兵に際しアルプスを越えれば容易にヨーロッパに達することができ、攻撃の拠点としては地の利を得ていたといえる。しかし、攻撃に有利な位置が防御に有効とはいえず、ミラノに首都が移転されて後、イタリアが度々敵の侵略を受けたとき、この町が容易に攻撃されるようになると、必ずしも有力な基地とは言えなくなった。ミラノの宮廷を中心にした西ローマ帝国は、やがて西ゴート族アラリック王の攻撃を受けるようになると、弱気なホノリウス帝は敵を目前にし、イタリア全土を放棄し屈伏するという取り巻きの意見に耳を貸すようになった。この時は帝の補佐役であるスティリコ将軍があくまで抵抗し、イタリア全土防衛を主張したことで辛うじてミラノを守ることができた。スティリコは軍を従え悪戦苦闘のすえ勝利を手に入れたが、ミラノが首都であることは帝国の将来にとり望ましくないと主張、結果としてラヴェンナに移さざるを得なかった。西暦四〇二年のことで、ここに新都が誕生した。

西ローマのホノリウス帝は僅か十四歳のとき、スティリコ将軍の娘であり、従妹にあたるマリアと結婚した。以下、ギボンの『ローマ帝国衰亡史』によると、「……結局マリアは帝妃たること十年ののち、処女のまま生を終え、帝の童貞はその体質の冷ややかさ、ことによると無能力のせいで確保された。……帝は全く情熱に欠け、その結果才能にも欠けて、その弱々しい活気のない性質は、地位にふさわしい義務を果たすことも、年齢にふさわしい快楽を味わうことも、等しく不可能なことを発見した。……ホノリウスの先祖達は、自ら範を示して、少なくとも自身の存在によってさしまねした軍団の武勇を鼓舞するのが常だったし……ただこのテオドシウス帝の子息のみは、宮廷の囚われ人として生涯を惰眠に過ごし、国民からは馴染まれず、西帝国の滅亡を、辛抱強く、いやほとんど無関心に、眺めている傍観者だった。……彼の治世二十八年、多事なりしその歴史のなかに、皇帝ホノリウスの名をあげる必要はほとんどないのである」と述べている。ひたすら一身の安全を願う西皇帝は、城壁と沼地の取り囲むラヴェンナに二十歳で永久的蟄居に籠もることになったのであり、帝位に就いて亡くなるまで、ローマの帝王としては比較的長期間、その地位を守ることになった。

一度敗退した西ゴートのアラリック王は再びアルプスを越え南下し、直接ローマの征服を企てた。彼はこのときローマの城壁の直下に陣をはり、包囲と同時に城門を手中に収めて連絡を遮断した。そして、テヴェレ川の監視を強め、物資の流入を止めることによりローマは飢餓状態に陥ったが、このことは紀元前三八七年ケルト人による占領以来八〇〇年の間、絶えてなかった外敵によるローマの占領であった。当然残酷な略奪が予想されたが、軍隊の大部分はアリウス派のキリスト教信者であったためか悪意はなく、一部建造物が焼失し、邸宅や教会から財産が奪われ、外交交渉により金銀、動産や奴隷が引き渡されることになった。ローマはこの降伏条件を一旦飲むことになったが、アラリック王はトスカナで冬の陣を張り、さらにラヴェンナ宮廷と交渉を継続した。ホノリウス帝はアラリックに対し、時にはローマを放棄する態度にでることもあり、また、自分自身に代わり新しい帝を即位させる提案を行ったりしている。この皇帝交代の提案は受け入れられ、アッタルスが総司令官に就任するが、後になって彼は失脚した。また、ホノリウスはラヴェンナからの脱出を考えるが、たまたま増援部隊がラヴェンナ港に上陸したことにより、身の安全を図ることができたというハプニングもあった。

最終的にはラヴェンナ宮廷の愚行的交渉のため、ローマは三度目の占領に遭い、しかも厳しい略奪、暴行により町は荒廃したのである。西暦四一〇年のことである。西ゴート軍は六日間の占領ののちローマを去ったが、豪華でしかも山と積まれた戦利品を車に満載し、アッピア街道を南下したのである。そして、イタリア半島の突端に達したアラリックは、シチリアに渡る寸前突然の台風に巻き込まれ、命を落とすことになった。王位を継いだのは王の義弟のアドルフスであった。アドルフスは南下をあきらめ、ローマ帝国に所属する将軍の任をおびて再び北上しガリア（現フランス）に軍を進めることになった。

これより先、西ゴート族がローマを最初に占領したとき、ガッラ・プラキディアは捕虜としてゴート軍に捕らえられていた。テオドシウス大帝とその後添いの妃であるガッラ妃の間に生まれた彼女は、ホノリウス帝の義理の兄妹に当たり、幼年の頃からコンスタンティノープルの宮廷で恵まれた教育を受け、豊かな環境で育てられてきた。そして、たまたまローマに滞在していたとき、西ゴート軍の捕虜として捕らえられたのである。このことは二十歳を迎えたばかりの彼女にとって衝撃的な事件であり、また、この後彼女が亡くなるまでの波瀾に富んだ人生の幕開けでもあった。皇帝を父にもち、義兄が現皇帝という恵まれた家系のもとに生まれた彼女は、捕虜とは名ばかりであって最高の人質として扱われた。そして、西ゴートの軍隊とともにイタリアの戦線を移動するときも常に王並みの待遇を受け、それは宮廷でこれまで過ごしてきた過去の生活をはるかに上回るものであった。天真爛漫というか育ちが良いというのか、性格は明るく屈託がなく、また細かいところにも気がつくということで、周囲の人々から愛されており、既に妻子のあるアドルフスに強い印象を与えたことは言うまでもなかったが、彼女も日頃から接していた兄のホノリウス帝とくらべ、闊達で剛健なアドルフスに好感を持つようになったことは、極めて自然であった。アラリック王と西ローマ皇帝ホノリウスとの和平条約のなかで、西ローマが要求したガッラ・プラキディアの返還は拒絶され、逆に急遽結婚の式を挙げざるを得なくなったのである。彼らは西暦四一四年に結婚し、婚姻の盛大な贈り物には、豪華な西ローマの戦利品も含まれていたという。

しかし、幸せな生活は、それほど長くは続かなかった。初めてもうけた男の子は、祖父テオドシウス大帝の名を受け継いだものの夭折し、両親を嘆かせ、さらに、内部において反逆がおこり夫王は暗殺された。それは結婚の翌年のことであったが、アドルフスの宿敵サールスによる暗殺で、王位を継いだのはサールスの弟にあたるシンゲリックであった。この新たな王も残虐で、彼はアドルフスのもうけたすべての子供六人を無残にも殺害し、さらに、プラキディアを捕虜の群れのなかに入れ、彼女は残忍な王の前を一二マイル徒歩で歩かされたという。しかし、この暴君も好感をもたれるはずはなく、このあと七日目に暗殺され、ワリアが新たに王位に就くことになった。新任の王は、適切な判断のもとローマと和平協定を結び、プラキディアに敬意を払うとともに、ヒスパニアから彼女を兄帝ホノリウスのいるラヴェンナに送り届けることになった。

＊　＊　＊

ラヴェンナの町の起源は古いが、それほど明らかになっていない。古代においてテッサリア人がこの地に植民地を建設したと言われており、その後ウンブリアの土着民が定住したといわれている。紀元前四〇〇年頃東地中海からやって来た移民達が定住したと記録されているが、小さな原始的集落がやがて貿易の中心として発展したもので、この町の恵まれた地理的、地形的条件により、小さな住宅が集まって漁師や製塩業者が生活を営み、町を形成するようになった。ラヴェンナは後のウェネティアと同じように、小さな多くの島に取り囲まれ、海から数百メートル離れたところに入り組んだ潟でつくられた砂丘の上に町は展開した。このため満潮のときは船の接近が容易であり、同時に、潮の流れは水路を洗い流し、町を清潔にした。ローマ帝国もこの地域のアドリア海における戦略的価値を認める一方、ラヴェンナをポー川流域の占領地から外し、紀元前八九年、町をローマの同盟都市として受け入れることにした。また、カエサルが紀元前四九年、「属州総督が軍隊を率い、管轄地域外に出ること」を禁じていたローマの法律を破ることに躊躇した有名なルビコン川の渡河――結局は渡るわけであるが――の舞台は、ラヴェンナとリミニの間に流れる小さな川をめぐる戦場であった。ラヴェンナの地位を際立って高めたのは、紀元前四五年オクタヴィアヌス・アウグストゥス帝とアントニウスとが交えた戦闘で、このことが町の未来を決定づけたのであるが、ラヴェンナから四キロメートル離れた海岸に、当時東地中海で最も重要であるクラッセ軍港（ラテン名では「クラッシス」）が出現したことである。そこには軍艦二五〇隻が停泊する広い港湾だけでなく、工廠や武器庫、兵営等が建設された。港湾とラヴェンナの間は港湾施設でつながり、徐々に町は拡大し、イタリアでも重要な町の一つとして取り上げられるようになった。町の中心部を通る幹線運河は、アウグストゥス帝により造られたもので、水はポー川から引かれていた。同時に城壁に水が巡らされ、無数の小運河により町はすみずみまで配水された。水による網の目状の町で、小舟と橋が重要な交通手段であり、後に展開するヴェネティアの町の原形でもあった。しかも、町の周辺一体は点在する通行困難な沼地で取り囲まれ、防御には優れた地形であり、臆病なホノリウス帝にとっては正に最適な町であった。

低い湿地帯は当時のイタリアの平坦な諸都市に見られる疫病——マラリアや瘴気に悩まされることを想起させるが、運河を通しての潮の流れが町を清潔に保つことができた。飲料水は周辺の畑で取れる葡萄酒より値が高かったと言われているが、近隣から船により運ばれた。籠城の場合も、海上が封鎖されない限り、周辺からの食料の補給により耐えることができたであろう。また、二世紀の初め頃、ラヤヌス帝は約七〇キロメートルにわたる送水路の建設を命じ、フォルリィの町の近くの丘から町に水をもたらした。この水路は後に東ゴートのテオドリック王により修復されている。この水路の遺構は深さ四メートルから六メートルのところで発見、数箇所にわたり発掘され、また、城壁の基礎が深さ七メートルのところで見つかり、重要な遺跡となっている。

ラヴェンナの外港であるクラッセ港については、西暦五二五年に奉献されたサンタポリナーレ・ヌォヴォ教会堂に港のモザイク画がみられる。港の入口には二つの塔が描かれ、三隻の船が浮かび、そのうちの一隻が帆を拡げている絵が描かれている。この描写は当時のテオドリック王の時代の港の光景と言われているが、一方、同じ頃シドニオ・アポリナーレが友人に宛てた公文書には、ラヴェンナの町は沼になりつつあり死せる町となりつつあると記されているが、この表現はいささか過剰のようである。この前後ラヴェンナは潟の形を変えるような大きな洪水の被害を受け、海への近接が困難になったと言われている。アドリア海にそそぐポー川は七つに分かれて海に接しているが、最も南に流れる支流から十数キロメートル離れたラヴェンナもその影響を受けたと思われる。教会堂の壁画は、洪水により絶えず不安定な状態に置かれていたクラッセ港の繁栄を祈って描かせたものかもしれない。

地中海世界において、人々の生活を営む町――地中海都市は、丘や山地を基点として始まっている場合が多い。ローマもその建国の発祥の地はテヴェレ川の左岸パラティーノの丘を中心に七つの丘で構成され、また、ギリシャでも多くの丘陵都市を見ることができる。何故山地や丘から町が始まったのか不思議に思われるが、最大の原因は河川の下流域の平地における水の制御、とくに農耕地の整備が洪水のため困難であったからである。当時は大規模な灌漑工事の技術は進んでおらず、用水の利用は不完全であったので、低地部分よりも丘の斜面のほうが安定した農業収入が得られたのである。丘や山地の農業生活は必ずしも容易ではないが、それでも戦争による攻撃や、平地に滞留する水によるマラリア等の被害に比べれば、耐えねばならぬことであった。山や丘の上で生活のための水の供給さえ満たされれば、敵の侵入に対する防御は平地より容易であったろう。ラヴェンナの町はこのような地中海都市とは異なり平坦な町であった。そして、平地にありながらも水路を流れる川や海の水に洗われ、自然の条件を生かしながら港湾都市として発展したが、すべての面で恵まれていたわけではない。気まぐれな洪水と流出する土砂の堆積は徐々に進行し、この港湾都市を絶えず脅かしていた。大きな洪水はその後も記録されており、一六三六年には町の中心部にあるサン・ヴィターレ教会の床上三メートルまで浸水したという記録も残されている。

ラヴェンナから南にあるリミニの町に向かって五キロメートルほど下ると、サンタポリナーレ・イン・クラッセの教会堂が見えはじめる。ウニティ川をまたぐ橋を通りすぎると、農耕地の平坦な草原の広がるなかに、町の外れにあるクラッセ教会の高い鐘楼がこの田園的風景のなかで、極めて印象的である。この草原はこれまで未開発であった平地を含み広々としているが、現在クラッセの町の考古学公園に予定されている地域である。この考古学公園の目的は、古い時代からこの地域に建てられた教会やすべての墓地地域を含み、港湾、街路、産業、倉庫をはじめ、公私の建物、とりわけ大墓地の遺跡を明るみにだそうというものである。それにより特に不明である五世紀以前の町の状況を知ることが期待されている。また、ラヴェンナとクラッセとの間の地域も、考古学の研究の対象として非常に関心が払われている。この二つの町の間にカエサレアの町があるが、そこには五世紀に建てられた美しいサン・ロレンツォ教会があった。この寺院は、建物自体がかなり老朽化し、西暦一五五三年ユリウス二世のとき、建物の部分を保全することを前提に取り壊されてしまった。さらに、二つの町をつなぐ道路沿いに、四角い基礎の鐘楼の跡を残すサン・セベラス寺院の遺構（六世紀）があり、聖ピエロ・クリソロゴにより造られたサン・エルカディオ教会とペトリアナ寺院がある。このように教会堂が数多くあるのは、驚くに値することではない。当時、キリスト教の信仰は徐々に拡大し、また、東方の国々、シリア、ユダヤ、エジプトそして特にギリシャからの移住者がその支持者であった。クラッセの港には、外国人が集散し、定住しながらキリスト教を信奉し、小規模ながらも国際的な町を形成していた。

港とともに発展してきたラヴェンナにとって、新都が移転してくるということは、町の人々にとって思いもつかないことであった。この受け入れの準備のため道路が造られ、宮廷や行政のための建物が建設され、町の中心部からやや離れた地域に軍隊の駐留する兵舎も造られた。一時は町の人達も労働に駆り出され、町は急激に変わり始め、新たな市民も定住するようになった。移転を契機として町ではキリスト教の信奉者も増えだし、やがて教会堂の建設も見られるようになった。その代表的な建物として「ガッラ・プラキディアの墓廟」があるが、本来この建物はラヴェンナで最も尊敬された聖ラウレンティウスに奉献された礼拝堂であった。ラヴェンナには聖ラウレンティウスのために献堂された教会が三つあり、その一つがこの建物である。この小礼拝堂の建物は、かつての聖十字架教会の一部であって、本体の寺院はこの廟の裏の道を挟んで反対側に見ることができる。この礼拝堂については後にふれるが、ラテン十字型の平面で当時の建物としては極めて例外的な形をしており、煉瓦による壁面とその上に円天井が架けられ、十字型の交点の部分の屋根はドームで覆われていた。ビザンティン建築のなかでも異彩を放つ建物であるが、この廟の室内空間はモザイク画で全面が包まれており、その画面は単に建物の従属物でなく、宗教を背景とした小宇宙を形成しているように見える。このモザイク・ガラスの実現に力を尽くしたのがガッラ・プラキディアであり、彼女のラヴェンナに対する献身が高く評価され、死後その遺体がこの廟に祭られて「墓廟」の名称がつけられたのである。

五世紀にラヴェンナに造られた教会は、この十字型教会以外二点しか残っていないが、そのうちの一点ネオーネ神父教会堂は、別名ギリシャ正教教会堂とも呼ばれている。ラヴェンナで最も古い教会であり、建物の一部はかつてローマ浴場として用いられたという。初期の建物に加えて、東ゴートの王テドリックの時代に、ギリシャ正教のための新たな洗礼所を付け加えていた。五世紀の終わりにネオーネ神父は建物相互間の空隙の部分に、ドーム屋根をかけ建物を完成し、ドームには現在残っているモザイクの装飾が描かれている。もう一つの建物は、サン・ジョヴァンニ・エヴァンジリスタ教会（福音伝道者のための聖ヨハネ教会堂）である。古い教会で五世紀に造られたこの教会堂は第二次大戦でかなり破壊されたものの、復元され、モザイク画も残されている。これらの教会がいつ頃造られたかについての正確な記録は残っていないが、当時は新都としての歴史も浅く、人口も少なかったので、それほど多くの教会を必要としなかったと思われる。首都の移転によりやっと活気を見せはじめたこの町に、精神的にも肉体的にも疲れ切ったプラキディアが戻ってきたのである。

スペインからラヴェンナに戻ってきた彼女を待ち受けていたのは、王室による歓迎ではなく、兄ホノリウス帝による一種の迫害ともとれる行動であった。常識では考えられないが、それは夫アドルフスを亡くしたばかりの彼女に対しての結婚話であった。何故彼女がこのような仕打ちを受けたのか、それは皇帝自身の偏屈さによる体質的なものもあったかもしれないが、彼女が西ゴートのアドルフス王との結婚に見せた勝手とも思える行動に対して、一種の恨みに近い感情を抱いていたと考えられる。また、皇帝はこの義妹を抑えることができそうにないという一種の恐怖感を抱いていたかもしれない。皇帝は最善の方法として、当時帝の下で勇将として名を馳せ、功労者でもあったコンスタンティウスに、その恩賞として義妹を下賜するということを考えついた。当時、女性は親の決めた結婚に対しては、どのような反対があっても抵抗できないという因習があり、過去のローマの歴史によく見られることであった。一方、兄帝にはその妃マリア皇后の父であり忠誠で有能な補佐役でもあったスティリコ将軍を、自らの偏見と疑念と憎悪により殺害したという非情な前歴があるだけに、拒否することは死を意味することになりかねなかったので、彼女は渋々承諾せざるを得なかったのである。この結婚により彼女は娘のホノリアと後のウァレンティニアヌス三世の二人の子供に恵まれることになったが、夫は期待以上に包容力に富み、単に軍人としてだけでなく社交家として人々を引きつけ、良き家庭人でもあった。妻の意図によるものかどうか不明であるが、新たな野心のもと正帝の称号を皇帝より奪取して、西ローマの統治に携わるようになったが、就位して七ヵ月後に原因不明により死亡した。僅か四年という極めて短い結婚生活を終えることになった。プラキディアは一時憔悴したものの、これまでの彼女の教会や行政への積極的な活動は人々を引きつけ、新たな期待が寄せられるようになった。しかし、ホノリウス帝は夫を亡くした後の彼女に対して、明らかにその態度を変えはじめたのである。陽気で性格もよく美しい女性と、陰気で消極的な男性の間に何が起こったか、近親相姦とも言われているし、また性的不能者である皇帝の一方的な執着であろうとも言われている。詳しいことは不明であるが、両者の間に激論が戦わされ決定的な断絶が起こったことは明らかである。このような状況になると、ラヴェンナを防衛していたゴート族出身の兵士が黙っているはずはなかった。彼女は捕虜になった経験からか、兵士や部下に対しては日頃から優しく接しており、思いやりもあった。彼らのほとんどは王妃の支持者であり、王の度重なる仕打ちに快く思うものはいなかった。この気持ちは市民の大多数にも共通しており、宮廷に対する反感は募るばかりであった。このような状況を静めるための最善の方法は、王妃と子供を含む三人がラヴェンナを自発的に退去することであるとして、彼女たちは亡命のためクラッセの港を発ち、東ローマ帝国の首都コンスタンティノープルに向かわざるを得なかった。東ローマでは彼女の兄アルカディウス帝亡きあと、その息子テオドシウス二世帝が帝位を受け継ぎ、ちょうど二世帝の結婚式直後に首都を訪れることになった。

＊　＊　＊

西暦三九五年東ローマ帝国がコンスタンティノープルに首都を決めて以後、トルコによりこの首都が占領されるまで一〇五八年の間、帝国はその命脈を保ったのであるが、その長期にわたる繁栄は歴史上でもあまり例のないことである。その領土は西はアドリア海から東はティグリス川に及んでおり、ギリシャの言語や風習を含み、芸術や学問の分野でも大きな貢献を行い、その伝統を保持し続けたのである。

ローマを凌ぐ第二のローマを造ることが大きな目標であったコンスタンティノープルは黒海からエーゲ海に通じるボスポラス海峡の入口に位置し、背後に肥沃なトラキアの平野を控え、しかも金角湾という天然の良港が市内に存在するという、極めて恵まれた町であった。かつてはギリシャの植民都市として栄え、また、ローマの支配下に置かれるまで自由都市として農業、漁業の面で繁栄し富裕な町となり、金、銀、銅等の鋳造所はもとより、東洋との貿易による琥珀、絹織物、宝石等はこの町を通過してローマに運ばれていた。同時に、政治の中心である皇帝の宮殿、皇族用宮殿、礼拝堂、教会をはじめ、官吏養成のための大学を中心に、ラテン語、ギリシャ語等の語学、哲学、法学が講じられた。新都は単に政治だけでなく、宗教、経済、文化、芸術に恵まれた活気のある町として若者を引きつけ、急激に人口の増大する大都市となった。

首都にはキリスト教の神に捧げられた教会が数多く造られていたが、そのなかで神の聖なる智慧に捧げられたハギア・ソフィア聖堂はその中心であった。この大教会は、東方の教徒にとっては西ローマの、後のサン・ピエトロ寺院に匹敵するものであり、また、当時この寺院の大司教の地位は、ローマに次ぐものとして位置づけられていた。したがって大司教の地位を獲得することは至難なことであり、このため教会内部でこの地位を狙い相争う事態が陰に陽に度々起こっていた。大司教クリュソストモスはハギア・ソフィア聖堂の説教壇からキリスト教教徒の堕落を非難し、攻撃するうちはよかったものの、その対象を富者や支配階層に拡げると、脛に傷を持つ人達に快い印象を抱かせるはずはなかった。その攻撃範囲が行政長官や高官、宦官や宮廷の女官、さらに帝妃に及ぶと内在する怒りは一挙に拡大することになった。この覇権争いに対し野心を燃やしたアレクサンドリアの大司教が帝妃と結託し、告発し、大司教クリュソストモスを反逆者として断罪、大司教罷免の宣告を下したのである。このことは大司教に忠実で、良識ある市民を刺激し、やがてそれが暴動の引き金となり、最終的には聖堂を始め元老院や隣接する建物が焼失する事態となり、西暦三六〇年に奉献されたハギア・ソフィアは四〇四年に歴史を閉じることになった。新しいハギア・ソフィアが改めて奉献されたのはその四年後であり、この年東ローマ皇帝初代のアルカディウス帝は三十一歳で亡くなり、新たにテオドシウス二世帝が就位することになった。新帝はわずか七歳に過ぎず、若年のため当然後継者の問題が発生した。法律によると、十四歳になるまで本来なら西ローマのホノリウス帝が後見することになるが、帝自体異常であり、とかくの問題があったので賛同を得ることなく、また、宮廷では初めから西ローマに依存することは考えていなかったようである。結局、有能な部下であり高潔な民政総督アンテミウスを充てることにより難局を乗り切ることになり、またその任用は成功した。そして、新帝の二歳年上の姉であるブルケリアが、十六歳で女帝の称号（アウグスタ帝）を受け、このあと四十年近く東帝国を支配した。弟にあたるテオドシウス二世帝は身体も弱く、父アルカディウス帝、叔父のホノリウス帝をはるかに上回る無能ぶりを発揮したという。

ブルケリアは名目上の夫を持ったが独身生活を通し、二人の妹とともに敬虔なキリスト教信者として、その純潔を神に捧げることとなった。彼女達はその厳粛な誓いを、宝石を散りばめた黄金の板に刻み、それを奉献した新ハギア・ソフィア聖堂に奉納した。女帝は信仰に篤かったが熱狂することはなく、俗事に対しても力を注ぎ、思慮深く慎重で、かつ行動も敏速であった。彼女は東ローマ皇帝にふさわしく、立ち居振舞いも厳粛で荘重を保ち、優雅さと同時に威厳を備えた名帝であった。プラキディアがホノリウス帝の手を逃れ、二人の子供とコンスタンティノープルに上陸したのはちょうど女帝の統治のもと、ペルシャとの戦いに勝利した祝典の最中においてであった。彼女達は丁重に迎えられたものの、西ローマ帝国に対しこれを心から受け入れるという態度は見られなかった。しかし、この第二のローマを見聞して廻ったプラキディアにとって、この大都市の繁栄や宮廷を含む行政上の運営や、直接の当事者との交流は、ラヴェンナに戻ってから大いに役立つことになった。

コンスタンティノープルに集まる人々は急速に増えだし、四世紀中頃一〇万人程度の人口が、一〇〇年近くたって最も多いときには五〇万人になったと言われていたが、プラキディアが訪れたときはそのピークに近い頃であった。町は賑やかで活気に満ちており、とうていラヴェンナは及びもせず、町の中心部の規模も大きく、この繁栄を見るにつけ西ローマ帝国の停滞を意識せざるを得なかった。それは市民の服装にまで表れており町自体が明るく、華やかであった。彼女が若い時代に過ごしたローマに比べても、この町は豊かであった。さらに、彼女にとって刺激的であったのは、アウグスタ女帝が市民からの信頼を集め、これに応えた彼女の行政的手腕も極めて評判が良かったのである。プラキディアは、ラヴェンナにおける義兄ホノリウス帝の退嬰的でしかも軽視された行政に対し非難が多く集まる一方、市民の彼女に対する支持者が多く、大きな期待を寄せられていたことをある程度感じてはいた。しかし、想像以上の女帝の実力を目の前にして、彼女はこの町の行政や官僚組織、文化教育に関しての施策等の情報をできるだけ収集することに努めたのである。しかも、帝が女性であるにもかかわらず、男性以上の能力を発揮している現状を見て、同じ女性としてそれをラヴェンナに生かすことが、彼女の使命のように思えたのである。

二度にわたる結婚とその悲劇的な結末を経験したプラキディアは、これまで精神的に安定した生活を送ることは少なかった。とくにラヴェンナ脱出前におけるホノリウス兄帝との葛藤は、これまでにない人間不信という気持ちを抱かせるようになり、不安定な精神状態に追い込まれることが多かった。しかし、新都における生活環境の変化は、改めて宗教に対する関心を高め、また、礼拝は彼女の心の安らぎともなった。当時、東ローマにおいてはキリスト教が普及し、その勢力が徐々に拡大するという状況にあり、異端と言われるアリウス派も減少し、正統派が徐々に中心的役割を果たしつつあった。新たに献堂されたハギア・ソフィア聖堂は新都の本山として女帝の支持を受け、各種の慈善基金に基づく活発な宗教活動が行われ、また、各修道院維持に対する援助も行われ、結果的には対立する異端宗教を抑圧できる力をつけていた。このような状況のなか、プラキディアはハギア・ソフィア聖堂に一人の信者としてたびたび姿を現したのである。教会の室内は調和がとれ端正に造られていた。コリント式の柱頭のついた大理石の柱が整然と並び、後陣の一部にモザイクの装飾が行われていたが、このモザイクは絵がパネルの枠にはめられた形式のもので、単純な構図ではあるが目を引くものがあった。この新しい教会堂は後に起こったニカの騒乱で焼失したが、当時コンスタンティノープルには既にモザイクの技法がギリシャから持ち込まれており、現在のイスタンブール考古学博物館においても、同時代のものと思われるモザイクのパネルが残されている。この博物館に現存するモザイク・パネルは後陣の脇部屋の壁を飾ったものとされているが、聖母マリアと幼いキリスト及び聖シメオンを描いたもので、神殿奉献の光景が描かれている。パネルの周囲は様式化した花模様で囲まれており、六世紀のものとされている。また、同じ宗教画でもローマのサンタ・プデンツィアーナ教会の後陣の人物像のモザイクは古典期のローマ芸術を想起させるもので、それは四世紀に描かれたものである。二十歳のころローマにいたプラキディアは既にこの壁画を見ていたが、その時は若かったせいであまり関心をもっていなかったためか、確かな記憶は残っていなかった。しかし、彼女は新しいハギア・ソフィアに礼拝に行くたびに、この後陣にあるモザイク画にひかれ、その前に佇むことが多かった。ハギア・ソフィアの壁画の絵の構成は、穏やかな顔をした善き羊飼キリストが金の十字架を両腕で支え、羊に取り囲まれているという単純なものであったが、平和で慈愛と尊厳に満ちた絵が描かれていた。これまでプラキディアの生活は必ずしも精神的に恵まれず、次々に自分の意志と無関係に振りかかる事態に引っかき回され、落ちついて物を考える時間すら持ち合わすことはできなかったが、郷里ラヴェンナを離れ自由な身になることにより、自分を解放し精神的余裕をもってこの絵を見ることができたことは、彼女の救いであった。

久しぶりに晴天に恵まれたある日、彼女がこの絵の前でいつものように佇んでいると、年の頃は四十代前半で、痩せてはいるが筋肉質の男性が丁重な態度で話しかけてきた。これまで何度かこの絵の前で出会ったことはあったが、黙礼を交わすことはあっても口を利くのはこの日が初めてであった。名前はガルスと言い、モザイク画を造る工匠であると自己紹介し、モザイクの色の素晴らしさについて語りかけてきた。確かに、彼の言う金色の十字架は絵全体を引き締めており、また、この宝石のような金色をしたモザイクの色は不自然ではなく、むしろ格調の高い画面を造りだしていた。そして、ガルスは仲間と数年前アンティオキア（現トルコのアンタリアの町）を訪れた時、かの地で見聞したモザイクに比べてこのモザイクの絵は技術的にも芸術的にもはるかに優れていることを強調し、恐らくギリシャの工匠によるものではないかと語りだした。話題の中心になったアンティオキアの町は、町全体がモザイクで溢れているという評判で、当時多くの人達が関心をもっている町であった。コンスタンティノープルから直線距離で約七〇〇キロメートルあり、陸路にしろ海路を利用するにしろ、当時の人達にとっては費用の点でも、また肉体的にもまさに大旅行であった。

アンティオキアは当時、ローマの属領の首都であり、歴史の古い都市でもあった。紀元前三三三年にアレキサンダー大王がここに町を建設し、ヘレニズム時代のはじめセレウコスがこの町を本格的に開発して以後、紀元前四世紀から三世紀頃にかけて、セレウコス王朝の拠点としての役割を果たした町であった。その後引き続きローマ帝国の管轄下に置かれたが、紀元前四八年カエサルがこの町に入城して以来都市を整備し、半円形劇場の建設、公衆浴場の設置等、ローマ式の都市整備をこの町において実施したのである。この町は、オリエント化したギリシャ人とギリシャ化したオリエント人のあらゆる階層に属する人々が住み、二つの文明が交錯し、多くの宗教が入り交じっていたと言われている。とくに多様な宗教のそれぞれの展開は複雑であったという。この文明の接点において、日常生活に根ざし、しかも一般に普及した文化的側面でもあるモザイクが見られることは、誠に興味深いことであった。そして、モザイク画に残された光景を辿っていくと、時代ごとの町の変遷が明らかになる点でも貴重な事例であり、一世紀から六世紀頃にかけて、床に描かれたモザイク画は、人、植物、動物、幾何学的模様により構成され、多彩色の色大理石が用いられ、それぞれの時代の特徴を示していた。――このような大理石のモザイクは、シチリア島のローマの植民地ピアッツァ・アルメリーナにも見られるが、当時の貴族の別荘であったと言われる建物の床全体と壁の一部がモザイクにより埋め尽くされている。モザイク技術はギリシャに起こり、ローマの帝政期に高度に発展したが、とくに壁面に対しては大理石以外に色ガラスも用いられていた。そして、この町では室内の床や壁面にも用いられており、上流階級の邸宅だけでなく比較的粗末な庶民の住宅にも普及していたことが、その後の発掘により明らかになっている。これらモザイク画が公共建築物、プール、噴水等に用いられていたが、当時この町では一般的なことであった。

＊　＊　＊

工匠ガルスと仲間の二人は、この町から多くの収穫を得て帰って来た。しかし、不明な点も幾つか残されていた。町の城壁の新規拡張部分に新設されたダフネ門という城門があったが、それは金色に塗られ「黄金門」と呼ばれていた。金色の宝石のように見えるその門が、夕陽に照らしだされて燦然と輝く姿は、現実とは思えない印象を与え、彼らは暫し呆然として眺めていた。そして我に帰ったとき、三人は同時に「門の金色の装飾は一体何なのか」という言葉を口走ったのである。結論は簡単には出なかった。金箔を原料にした新しい塗料で仕上げたのではないか、そのような塗料は風雨に晒されて大丈夫かどうか、町の人達に聞いても無関心な人も多く、細かな点に関して聞かされていないようでもあった。また、この点については外部に漏らしてはならない雰囲気もあるように思われた。しかし、議論を繰り返すうち、それはハギア・ソフィア聖堂の絵のなかの、金色の十字架を構成するモザイク・ガラスのそれではないかということで、帰国後も工房で試作しながら聖堂のモザイクの観察を繰り返してきたのである。

これまで一般に床に用いられるモザイクは、色大理石以外に、色の付いた自然石で、しかも加工しやすい石が選ばれていた。シチリア島のピアッツァ・アルメリーナの貴族の別荘のみならず、ヘレニズム時代の代表的都市であるトルコのエフェソスの町の歩道に見られるモザイク等は、他の多くのローマ都市で用いられていた。しかし、鮮やかで多くの色彩を必要とする壁面画を描くとき、自然石のみに頼ることは色の不足を来たし、完全なものは得られないことを示していた。そのため望ましい色モザイクを造りだして絵を完成させることが、モザイク工匠に対しての期待であり、また職人の腕の見せ所でもあった。既に透明の色ガラスのモザイク断片を素材として、紀元前二世紀頃東地中海でモザイク・ガラスのボウルが造られており、その作品は現在も大英博物館に収蔵されている。また、その時代以後も不透明で多彩色のモザイク・ボウルが少数ではあるが発掘されており、多色ガラスのモザイクに関しては多くの技術の蓄積があったものと考えられる。しかし、これらの生産品は量も極めて数が少なく、ガラスを造る地域も工房もその原料の入手がかなり限られていたようであり、また、当時貿易による物流も活発でなかった状況では、相互の技術交流はほとんど起こっていなかったと考えられる。金箔を二枚の透明ガラスで挟んだ小さなモザイクを単位にして構成した容器が、イタリア南部のカノッサの墓地から発見されたが、これは紀元前二七五年から二〇〇年のものと推定されており、その作品には金箔で美しい模様が描かれていた。このような手法がどの程度普及していたかについては全く不明であるが、金の入手が比較的容易で、ガラス生産が可能な地域であれば、かなり早い時期に実現していたものと考えられる。この金のモザイク・ガラスをいかにして実現するか、ガルス達は挑戦していたのである。当時のモザイク工匠達は、芸術家として認められ尊敬はされていたが、販売の対象は富裕な貴族や商人、宮廷の高官等とかなり限定されており、モザイクだけで生活することは考えられないことであった。この頃までに、既に鉄パイプの先端に加熱したガラスを巻き取り、息を吹き込んでガラス瓶やコップ等を造るという吹きガラス工法が普及しており、モザイクやビーズのような在来の鋳型や芯型による造り方は、徐々に姿を消しつつある状況であった。ガルス達はこの新しい吹きガラス工法という生産方式を採用し、新しい製品を造ることにより収入は一応安定していたものの、やはり過去の伝統的な手法による味のあるモザイクのようなものを造りたかったのであろう。アンティオキアに旅行したのはそのためでもあった。

これまで夫以外にも、立場上多くの男性と付き合ってきたプラキディアであるが、ガルスのように自己の仕事に熱中し、新しい目標に対し一途とも思えるほど物事に熱中する人と接触するのは初めての経験であった。工房を是非見ていただきたいと言う工匠ガルスの提案を受け、彼女は訪問を約束してその日は別れたのである。

コンスタンティノープルに到着後、プラキディアと家族、それにお付きの人達すべてが宮廷内の一隅で生活することになった。姉ホノリアは五歳、弟は四歳で、誰からも妨げられることなく親子だけで生活できるということは、これまでにないことであった。子供たちは年齢が年齢だけに、かわいいということで無責任に取り巻きの人に愛され、わがままに育てられ、やがて自我の強い自己中心的な性格を見せ始めていた。プラキディア自身も見聞を高めるため外出することが多く、子供達の教育はお付きの女性達に任せるということが多くなった。彼女自身は人柄も良く、そのため短期間で宮廷の人達と親しくなり、また、いずれ帰国後のことを想定し高官の人達との接触も積極的に行っていた。このような忙しい日常生活を送るなかで、彼女はモザイク・ガラスの壁画のラヴェンナでの制作を夢見るようになったが、具体的なイメージはそれほど固まっていたわけではない。

彼女はハギア・ソフィア聖堂での約束に従い、ガルスの工房を訪れることにしたが、その日は晴天に恵まれ、眼下に展開する金角湾の海は太陽に輝き、美しい町が遠くまで見渡せるという風景に見とれながらガルスの工房に向かったのである。工房は火を扱うためか住宅地から離れた小高い丘の中腹にあった。作業する部屋は思ったほど大きくはなかったが、炉を中心にしてその近くに焼きなましの作業をするための低温炉があった。彼らが造りだす日用商品や装飾品としてのガラス容器が、低温炉に隣接する部屋の倉庫に置かれ、その一部には実験中のモザイクの見本がパネルとして並べられていた。そのなかに金色に輝くモザイクを見つけたとき、彼女はその成功の可能性を一瞬に直観したのである。この日、ガルスは薄いガラスに金箔を挟むための作業の不安定さをどのようにして克服したか、また輝きを増すためいかにしてガラスの透明度を高めたか等について、詳しく丁寧に説明したのである。専門的なことについては深く理解できなかったものの、話を進めるうち、このような高い水準の技術を、環境的にも物質的にも現在よりはるかに恵まれ、実行できる機会を受け入れることができるかどうか、またできれば受け入れてほしいことを間接的に探りを入れることは忘れなかった。少なくともこちらの意志は伝わったようであるが、直接の返事は得られないまでも、芸術家の関心を呼び覚ましたことは間違いなかったようである。この訪問ののち、引き続き彼女は二度工房を訪れているが、最後の訪問のとき、ラヴェンナでのガラス工房の開設とその条件について詳しく打ち合わせることができたのである。この話し合いが行われたのは、ラヴェンナでホノリウス帝が亡くなったという連絡が入ってから数日後のことであった。彼らはラヴェンナに移住し、そこで新たに生産する意志のあることを表明したのであるが、実現するまでには少しの時間を要することになった。

＊＊＊

ホノリウス帝の死去は突然のことであり、水腫症が原因であることが急使によりもたらされた。もともとそれほど頑健でなく、歳を重ねるほど皮膚が浮腫し、健康的な感じは見られなかったが、あまりにもその死は唐突で、周囲の人達を驚かした。ラヴェンナにとって極めて重大事であったが、東ローマの宮廷にとっても大きな衝撃であり、このため市内の城門は閉められ、商店は七日間店を閉じて哀悼の意を表明した。そして、西ローマの帝位の空白に対しどのように対応すればよいのか、連日会議が開かれていたが、その最中、ラヴェンナでは帝亡きあと、首席秘書の任にあたっていたヨハネスが反逆を起こしたという情報が新たに届けられた。ヨハネスの目的は、当時好戦的なフン族がイタリア国境付近で不穏な動きを見せ始めていたのでこれに便乗し、フン族と結託してイタリアを支配しようと意図していることが付け加えられていた。反逆を鎮圧するため早速イタリア遠征軍が組織され、ラヴェンナに向かって進撃を開始したが、この軍勢は陸路と海路に分けて編成された。プラキディアは家族やガルス達と共に海路の軍勢に参加し、ラヴェンナに向かうことになった。この船による進撃については、五世紀に建てられた「福音伝道者の聖ヨハネ教会堂」の伝説のなかに記録されているが、それによると「彼女たちを運んだ船は、エーゲ海で嵐に遭い、目の前にエフェソス人の聖人の寺院を見たガッラ・プラキディアは、漁師のため聖ヨハネ教会を造ることを誓った」とあり、また「息子ウァレンティニアヌス三世の領地を確保するため、四二四年ラヴェンナに戻った」とある。ラヴェンナに戻って後、彼女がキリスト教徒として宗教活動に熱中したことと結び付けると、この伝説は事実に近いものと思われる。陸路を進んだ騎兵隊中心の軍勢とは別に、海路を進んだ軍勢は猛烈な嵐に遭遇したことは事実のようであり、別の記録でも歩兵を主体にし、これをラヴェンナに送り届けるため乗船していた海路軍は嵐により潰滅的被害を受け、また、二隻の船が捕らえられ捕虜になったと記されている。

当時の軍用船の主要な型はガレー船が多く、奴隷と囚人が漕ぎ、帆に風を受けて進むことはあまりないとされている。しかし、商船の積載量は五〇〇トンから一、〇〇〇トンが一般的で、帆により走る船が主流であった。エーゲ海は、小島も多く避難の港に恵まれており、嵐による危険や不意打ちは、通い慣れた航路において日常的なことであった。それでも船にとって嵐は脅威であり、地中海の多くの港で今日まで長い間宗教儀式が続いてきたのは、気まぐれな嵐から身を守るため繰返されてきた行事であり、その中心になるのは自分たちの肉体や魂を守ってくれる聖母マリアであった。プラキディアがこの自然の造りだした過酷な仕打ちに対し、聖母マリアに祈らざるを得なかったのも、伝統的な風習に根ざしたもので、彼女は無事ラヴェンナに帰還すれば、感謝の気持ちをこめ新たに教会堂を建設することを心に誓ったのである。

騎兵隊を中心に陸路を進攻する軍勢も、イタリア侵略を意図する蛮族が跋扈《ばっこ》する状況のなかで、ラヴェンナに到達することは容易なことではなかった。イタリアに近づくほど抵抗は増大したが、アドリア海沿いに陸路を進むにつれ属州の住民の協力もあって、進撃は順調に展開した。そして、軍がラヴェンナに近づくと、城内にも変化が現れ始めた。城を防衛している軍隊は、もともとプラキディアに好意を持つゴート族を中心とするローマ兵士により構成されており、追い出されるような形でラヴェンナを去った彼女に対しての同情と支援の気持ちは、城内を大きく支配していたようである。彼らは東ローマの軍勢が城門に近づくと、ほとんど抵抗することなく門を開き、あっけなく町に平和が訪れることになった。反逆者ヨハネスは捕らえられ、斬首されてラヴェンナに春が戻ってきた。

II　衰退と滅亡

久しぶりに帰ってきたラヴェンナの町は、反乱が起こったとは思えないほど静かであった。プラキディアとこれまでずっと行動を共にした兵士も、また、東ローマからの救援の兵士たちも、苦労してやっとラヴェンナに帰り着いたものの、ともに自分達が勝利者であるにもかかわらず、あまりにもあっけない戦争の結末にいささか拍子抜けの気持ちであった。出国するときはホノリウス帝に対して許し難い気持ちを抱いていたプラキディアも、葬送に当面すると肉親に対する哀惜の念が自ずと湧き、新たな悲しみを避けることはできなかった。そして、心の一部に残る過去のわだかまりも少しずつ氷解する一方、彼女自身の心のなかにはこれからの生活、とくに女帝としての自覚と意欲が高まり始めたのも事実であった。彼女が宮廷で真っ先に手をつけたことは、帝の生活していた部屋を含み、日常政治に利用していた行政部分に関する大改造であった。過去の雰囲気を一新したかったのである。このことに対し過去の経緯を知っている部下達で反対する者は一人もいなかった。

七歳の娘と、六歳の息子は、彼女の足手まといになっても相談の役には立たず、すべて彼女が決めなければ前に進めないという状況で、まず彼女がしなければならなかったことは、反逆者とその加担者の処分であった。これを決定しなければ、組織全体の動揺は収まらないし、新たな行動ができなかったからである。幸い反乱が短期間であり、しかも、黒白が比較的明確であったので、処分は東ローマの司令官アルダブリウス将軍を含み、ホノリウス帝在位の頃からの有能な執政官を中心にして進められた。しかし、この決定にも議論に時間がかかり、責任をできるだけ避けようとする俗人的官僚の気風がただよい、帝の時代の悪習がそのまま受け継がれていた。このような悪習をどのようにして改めるべきか、彼女は会議中の空虚な時間、その対策を考えることが多かった。同時に、コンスタンティノープルでの女帝ブルケリアを思い出し、彼女ならどのように対処したかを想像しながら、自分の不甲斐なさを痛感することも多かった。差し当たり、まず第一に行政の改革を行うことが必要であったが、同時に、ラヴェンナを東ローマの首都と拮抗するまでとは言わないまでも、これまで以上に活気ある町にするためにどうすればよいかが彼女の課題であった。ローマは過去アラリックの攻撃によりかなりの被害を受け、彼女もその渦中の人でもあったが、最近ではかなり急速に復興しつつあった。何故そのような再生が可能であったのか？　コンスタンティノープルは東ローマの首都として目覚ましい発展をとげつつあるが、それに比べて西ローマの首都ラヴェンナは何故停滞しているのか？　このような問題の解決を、彼女は東ローマで絶えず考えていたので、統治者として決断を実行に移すべき時期に来ていたのである。しかし、貿易に必要な港湾を取り上げてみると、コンスタンティノープルの金角湾は天然の良港であるが、ラヴェンナのクラッセ港はかつてはローマ海軍の基地として重要であったものの、最近では土砂がやや堆積しはじめ、現状のままではその将来性に対して不安にならざるを得ないのではないか。そして、もっと貿易の拡大を考えるべきではないか？　また、ローマには元老院や貴族が集まり、その規模はラヴェンナは及ぶべくもなく、この組織をラヴェンナに移転させることは、宮廷の力をもってしても、とうてい不可能ではないか？　道路網もヨーロッパの中心に位置しているわけでもないので、ローマがはるかに有利である。官吏養成の教育機関や宗教における大司教の問題でもローマのほうが優位である。いずれを取り上げてみても、ラヴェンナが力をつけるためには時間をかけなければ実を結ばない問題であった。結局残されたのは、文学活動、法学等を含む文化、芸術活動の可能性ということになるのであろうか？　コンスタンティノープルの生活を通じ彼女が自らに課していた課題は、一つはラヴェンナをヨーロッパの中心としていかに発展させるかということ、もう一つは彼女自身宗教を通じていかに活動を展開するかということであった。そして、第一番目の問題が時間のかかることであるとすれば、彼女は差し当たり第二の問題に対応せざるを得ないという気持ちであった。それは日常の宗教活動、とくに教会の建設であり、同時にラヴェンナに大司教を置くことであった。

彼女は出国する前から、しばしばサン・ロレンツォに献堂される「十字型の小礼拝堂」の建築現場を訪れていた。兄帝との不和によりラヴェンナを発つときこの建物は既にほとんど完成に近づいており、その十字型のプランはこれまでその例がないものとして評判になり、町だけでなく農村の人達も見物に来るというほどであった。建物は長手が約一〇メートル、短手が約九メートルの十字型平面で、交差部はドームになり一番高いところは地上から約八メートルの高さで、上部に四つの窓が設けられ、自然の明かりを取り入れるよう工夫されていた。側壁は煉瓦により構成され、煉瓦は石灰により固定されていた。室内はやや暗く、素朴な感じではあるが、荘厳さには欠けていた。そして、この建設中の礼拝堂の空間をどのような材料で、またどのような装飾で纏めるかということが、彼女の重要な懸案事であった。ラヴェンナを離れ、ハギア・ソフィア聖堂を訪れたとき、彼女に暗示を与えたのは、内陣に飾られたモザイクのパネルであったが、その後のガルスとの出会いにより彼女はこの室内をモザイクで纏める方針を固めていた。帰国の際、海上で遭遇した嵐のなかで、彼女は神に祈り、全霊を捧げて新教会堂の建設を誓ったが、同時にこの小さな十字架礼拝堂の完成を自己の命題と考えていた。そして、ラヴェンナに帰国し、公務多忙のなかガルス達とともに、まずモザイク作製のための工房をどのように造るかについて検討することにした。工匠ガルスは宮廷のなかに居住し、東ローマの時よりもはるかに恵まれた住居を与えられ、ガラス工房建設のための適地を求め、毎日のように外出することが多かった。まず原料となる砂を見つけることが重要であった。ラヴェンナの町でとれる砂は、山地で浸食されてポー川に流れ込んでくる砂、沼に沈殿している砂、それにアドリア海から打ち寄せられる海の砂があり、砂の種類には恵まれていた。古代のガラスが砂、ソーダや石灰を加熱、熔融することにより造られて以後、ガラス製造の秘伝は数多くの方法を生み出してきたが、現代的にいえば酸化珪素、酸化ナトリウムそれに酸化カルシウムの三つの無機的要素を基本にして、これら原料を炉のなかで加熱、熔融したものがガラスの基本であることに変わりがなかった。しかし、当時はガラスの原料となるものすべてが経験的なものであって、三つの要素を識別するような能力はまったくなかったといえる。そして、その頃までのガラスは、アルカリとしては自然発生的な炭酸ソーダが用いられてきたのが主流で、おおよそ紀元前七世紀頃から造られたといわれている。その調合法はローマ時代に支配的であったものを挙げると、メソポタミアや東方の地域においては、砂漠や近東の沼地地域で発見されたアルカリ性金属を含む植物から採れたソーダを用いていた。また北の方では、アルカリに対して地域の蕨《わらび》や森林の植物の灰から得られた灰汁を用いているものもあり、いずれも地域で手に入る材料を利用しながらガラス生産を行っていた。ガルスはこの材料収拾のため、砂や植物を求めて海岸や沼、林を探し歩いたのである。そして、これまでの経験をもとに炉で加熱し、でき上がったガラスの適性について実験を繰り返していたのである。炉は宮廷からそれほど遠くなく、住宅地からやや離れた地区に設けられていた。

初期のガラス製品は、一般に動物の糞や粘土を芯とし、この芯を熔融したガラスで覆うようにして造られた。ガラスが冷えて固まると、中の芯を取り出し製品ができ上がるという芯型鋳物による方法が主流である。これ以外に、一般に「棒造り」「ビーズ造り」の方法もあるが、これらはほとんど「芯型」に類似した方法であった。このような手作りの方法の中に、もう一つ「ケーン造り」による方法が用いられていた。この方法は紀元前十五世紀から現代まで用いられているが、二種のガラスを溶け合わせたり、金箔をガラスで挟み合わせたりしてガラスのケーンを造り、これを加工することにより目的の製品をつくっていた。モザイクの断片はこのガラスの「ケーン造り」に属するものであって、このケーンを集めてボウル等の製品が造られていた。そして、金箔を挟んだモザイクは技術的水準の高いものであった。東地中海で造られたといわれるモザイクのボウルが、紀元前二世紀頃イタリアのヴァルキで見つかっているが、それは透明の色つきガラスにより構成された美しいボウルであった。金箔を挟んだモザイクのガラスはこの後の時代に造られたものであるが、金箔をよく見せるためにはガラスの透明度が高くなければならないので、当時の技術ではかなり難しかったのではないかと思われる。特に原料の中に不純物が含まれていると、透明ではあっても色の付いたガラスになる可能性が大きく、当時発掘されたガラスのなかに、青っぽいものや、緑っぽいものがよく見られ、中には黄色っぽいものもあったが、それは不純物により発色したもので、味のある色をただよわせることもあった。

ガラスを造りだすためには炉が必要であることは言うまでもないが、初期の頃の小規模な炉では、その温度が一、一〇〇度には達していなかったと言われている。燃料としては木を用いることが一般的であったが、炉の築造や燃料の確保は、ラヴェンナにおいてそれほど難しいことではなかった。さしあたり、不純物の少ないソーダ、珪素及び石灰を容易に手に入れることが、緊急の課題であった。

新しいモザイクへの挑戦は昼夜の別なく行われ、また、ガラスの質を限りなく透明に近づける努力も払われた。金箔も属領から届けられる純度の高い金が用いられ、輝きが増し、加工も容易になった。モザイクの材料としては、これまでは色の付いた天然の大理石をカットした細片を用いてきたが、自然の色には限界があり、美しい壁画を描くためにはどうしても中間色のモザイクが必要であった。このようなモザイク・ガラスを造るためには、ガラスに鉱物性の顔料の粉末を混ぜ、ガラス質と融合させる方法が考案され実験が繰り返された。一種の練り物のようなモザイクを造ることが目的であった。このようなモザイクが実現すると、多様な色を含む画面構成が可能になり、また変化に富んだ壁画を生み出すことができ、これまでにない空間芸術が期待されたのである。

モザイク・ガラスに対する探究が進められるなかで、これと並行して「十字型の小礼拝堂」の室内壁画の検討が繰り返されていた。小規模なこの建物の外壁は既にできあがり、仕上げを待つばかりになっていた。建物は小さいと言うものの室内は変化に富んでおり、それこそ当時において前例がなかった建物だけに、決定には慎重であった。礼拝堂の半円形状の天井やドーム状の天井、それに側壁に対してどのような絵を構想するかという議論が進められた。プラキディアもガルスにして

も、本来芸術家ではなかった。当時は芸術家というような職種はなく、このような難問に対しては
そのつど必要に応じて宗教家であり、技術者であり、画家であり彫刻家である人達が集まり、議論し決定が下されていた。要するに職業の枠にこだわることなく、何が求められているか、何を表現するのかを理解している人達がそれぞれの専門的職能を越え、領域にこだわらず議論したのである。そこでは絶えず時代に関心を持つ人達が集まり、創造的議論が行われていた。ある意味では俗界を超えた集団であり、創造的集団であり、その仕事は一種の冒険でもあった。創作の過程で最も重要視した点は、モザイク画がローマやギリシャで見られるような壁の枠内にはめ込まれたパネル型のものでなく、建物空間のもつ同時的で統合的な表現を描くということであり、この点に異議をさしはさむ人はいなかった。そして具体的には自然と宗教の融和を図ることを前提に、動物、鳥、植物をはじめ、できるだけ日常生活と結びつく要素を用いながら宗教を具象化することを試みることにした。ドームは金の星を散りばめた空に浮かぶ十字架を中心に、それぞれ四隅に象徴化された金モザイクによる福音伝道師の聖マルコの獅子、聖ルカの小羊、聖ヨハネの鷲及び聖マタイの四人が配置された。このような象徴的姿を用いながら、同時に背景の金の星の透視図的配置は暗闇の空の深さと広大さを表現していた。また、ドームを支えている側面の壁にはキリスト教の最も古い象徴といわれる魚、天国の平和を示す鳩、椰子の木等が繰り返し用いられ、キリスト教全体を具象的要素で表現しようとする意図が建物の内部全体を覆っていた。これらの華麗で優雅、親しみのもてるモ

ザイク空間の雰囲気は、礼拝に集う人々に大きな感動を与えることになった。小礼拝堂が献堂されて以後、噂は噂を呼び近隣だけでなく遠くはミラノからも人々を集めたという。この時期には既に外敵の侵入が始まっており、安定した状況ではなかったが、それでも人々を引きつけ、ラヴェンナに新たな賑わいをもたらした。

＊　＊　＊

ホノリウス帝亡き後、西ローマ帝国は、実質的には空位になったままであった。この間、東ローマ軍は西ローマを救出するためラヴェンナを攻撃して、反逆を鎮圧することができた。しかし、東ローマはこの救援を前提に、西ローマが支配するイタリアやアフリカの領土を奪い取り、これを服従させ、東の領域を拡げるということはしなかった。もしこのような意図を実現するとすれば、支配地域の拡大とその維持という過去の歴史に戻ることになり、東ローマの将来にとって能力以上の事態を招くことは明らかであった。このため西をある程度充実しながら間接的に支配するほうが賢明であると判断した東ローマのテオドシウス帝は、プラキディアの長男でもあり、従弟でもあるウァレンティニアヌスを西ローマの帝の位につけ、三世帝として西ローマ統治を任せることにした。当時、三世帝は六歳であり、幼少のため形式的な皇帝に過ぎなかったが、母プラキディアが後見人となり政務を司ることとなった。そして、この政権委譲の条件としてテオドシウス帝は、自らの娘エウドクシアを三世帝の后として婚約を結ばせ、この形式的結婚を三世帝十八歳の時に実現した。また、西ローマがこれまで保有していた領土のうち、イタリアの一部と属領であるダルマティアが東ローマに委譲されることになった。西ローマにとっては屈辱的な条件であったがこれを受け入れざるを得ず、東のテオドシウス帝と三世帝との間の盟邦関係とその義務だけは、一応尊重されることになった。しかし、この後の歴史の展開をみると、このような東西の力関係はローマ帝国全体としてのまとまりを失わせ、結果的には統一よりも分裂の方向に向かうことになった。

このあとプラキディアは、四分の一世紀のあいだ実質的に西ローマの影の統治者として君臨することになるが、女性であったためか軍事の面に関してはやや苦手のようであったように思われる。とくにこの頃を境にして、イタリアを取り巻く周辺部で、フン族、ヴァンダル族及び東ゴート族等の侵略が活発になり、西ローマはこのため絶えず不安定な状態におかれることが多かった。このような時期にこそ、攻撃、防衛の主軸になる軍の支配が極めて重要になるが、軍の指揮に当たる二人の将軍――一人はアエティウス将軍で、ヨーロッパで恐怖の的であったフン族の侵入を撃退したことで名を馳せた勇将であり、もう一人のボニファティウス将軍はアフリカの救援で功のあった軍人であったが――の間に対立、不和が発生し、西ローマ帝国に大きな亀裂が生み出されることになった。この対立は、やがて西ローマの食料基地でもあったアフリカの放棄につながるが、前者の将軍は極めて陰謀に長け、後者は軍事的素質に恵まれてはいるものの真面目で誠意ある人物であった。

このような場合、一般に正義が滅び、悪がはびこることになっているが、まさにその通りであって、陰謀が暴かれ裏切り行為が明確になった時点で、プラキディアの裁きによりアエティウス将軍は反逆者となり、最後は追放されることになったものの、後になってまた復活し大いに活躍するという逞しさを持っていた。彼女にとって全く理解できない男性の側面であったが、この二人の将軍の不和は、結果的に両戦士を失うことにつながり、西ローマを支配するプラキディアにとって両腕をもがれるような苦痛をもたらしたが、それは後になってのことであった。

西ローマ帝国が衰退し、最後には滅亡に至る過程で、最も大きな原因は、蛮族による侵攻であった。とくにフン族のアッティラ王とヴァンダル族ガイセリック王の度重なる攻撃は、防衛する西ローマに大きな打撃を与えたが、いずれも好戦的で奸智に長け、外交的手腕にもすぐれ、太刀打ちできる相手ではなかったのである。まずプラキディアが最初に当面したのは、アッティラ王の率いる六万の狩猟民族フン族の攻撃であった。彼らはこれまでハンガリーの沃野に集結し、陣を張っていたが、その幕営地に姿を現したのは、プラキディアに追放されたばかりのアエティウス将軍であった。彼はこれまでも個人的にフン族と接触しており、また、好感を持たれていたので、西ローマに対する攻撃は彼の仲介により一応和解が図られることになったが、そのためには領土の譲渡が交換条件になっていた。同じ頃、東ローマもフン族には手を焼いており、東のテオドシウス帝は、毎年多額の黄金を支払うことにより平和を維持することができたが、その講和条約に対しては心から憎んでいたという。さらに東ローマとフン族との条約は、時間とともに黄金の増額とローマ軍兵士の捕虜の身代金の清算等、極めて不利な条件に変更され、アッティラの一方的外交に振り回される結果となった。フン族はドナウ川の対岸まで迫り、東の属領を強奪し、さらにドン川まで進出した。

一方、かつて北ヨーロッパで活躍したゲルマン民族に属し、南に下りアフリカを支配していたヴァンダル族のガイセリック王はローマ支配を意図していたが、フン族のアッティラ王の動きに歩調を合わせ、両者が同盟を結ぶことによりこの夢を達成しようと意図したのである。当時、東ローマのテオドシウス帝の陸・海の兵は、ガイセリック王が支配するアフリカを鎮圧するためシチリアの諸港にあふれていた。この戦力を減退させることが焦眉の急であったガイセリックは、フン族との同盟に基づいて東ローマの軍勢を二分することを計画した。この計画により、東ローマとフン族との間の講和条約には、フン族の要求を拒絶せざるを得ないよう条件を含められた。結局この交渉は不成立に終わることになり、当然の結果として両国の間に戦争が始まり、東ローマ軍は敗北し、多くの都市が侵略され占領され、ガイセリック王打倒のためシチリアで待機していた東の軍隊も引き揚げざるを得なくなった。首都コンスタンティノープルは城壁により守られ無事であったものの、テオドシウス帝とアッティラ王との間には、厳しい講和条約が結ばれることになった。

東ローマがこのような状況にあっても、プラキディアの住むラヴェンナには直接の影響はほとんど見られなかった。当時彼女は軍事のことよりも、エーゲ海で遭遇した際、嵐のなかで誓った漁師の崇める聖母マリアのための教会の建設が頭のなかから離れない状況にあった。そのころちょうど「十字型の小礼拝堂」が完成したばかりで、しかもこの礼拝堂は多くの市民の共感を得ていたものの、あまりにも規模が小さかったため彼女はこの際思い切って本格的教会堂の建立に踏み切ったのである。これが「聖ヨハネ教会堂」の実現であった。

「聖ヨハネ教会堂」は第二次大戦において米英連合軍の爆撃を受け、戦後全面的に取り壊しという運命に曝されながらも、信者の力によりかろうじて命脈を保ち現在に至っている。このためか建物内は異なった時代のものが混在し、共存しているというのが実情であって、祭壇や鐘楼の内部の柱は五世紀のものであり、喜捨品の納堂は六世紀末の柱で建てられた小祭壇になっている。木造トラスは非常に良く修復されているが、十六世紀のものであり、左の側廊にある四人の福音伝道者と学者を表現したフレスコ画は十四世紀のものという具合である。また、モザイクに関しては、一五六八年教会を再生させるため、テセオ・アルドロヴァンディ大司教により完全に取り払われている。従って、建物や室内の状況からプラキディアが建設した当時の状況を知ることは不可能に近いが、モザイクのある巨大な教会堂が建設されたことに間違いはない。そのモザイク装飾の内容については教会入口に詳しく記述されているが、モザイク画はガルス達工匠によるものと考えられる。現在は残っていないものの、記述では船がクラッセ港に帰港して数年後、素晴らしいモザイクで飾られた巨大な教会堂がラヴェンナ帝国に造られたとなっている。多分西暦四三五年を過ぎた頃描かれたかもしれない。また、プラキディアの娘の皇女ホノリアが宮廷の使用人頭とのスキャンダルにより宮廷を追い出された記述もあるが、これは後に触れることにする。記述のなかにプラキディアが造ったこの教会堂に関する神秘的な話も含まれている。それは、ある深夜、聖ヨハネがプラキディアの枕元に現れ、聖バルバツィアーノとガッラ・プラキディアの二人に「司教の飾り物」のついたサンダルを残していったということである。この教会堂は新設されたばかりで、神がかった話や遺品にまつわる物語もなく、聖人にふさわしい遺産も持っていなかったため、寺院の価値を高めるための創作とも考えられるが、このような事例は万国に共通していることかもしれない。

この新教会堂が建設されてのち、モザイク・ガラスに全生命をつぎ込んだ工匠ガルスは持病の心臓病で体調をくずし、その生涯を閉じることになった。彼の墓は現在も見当たらないが、この新教会堂に隣接して大墓地が一九六五年に発見されており、そのなかに一世紀頃からの火葬による墓も含まれているので、恐らくそこに眠っているのかもしれない。プラキディアは共に寺院の創設に協力してくれたかけがえのない友を失い、精神的痛みを回復するのにかなりの時間を要したと言われる。しかし、モザイクに関してはガルスの息子をはじめ、職人達が中心になり集団——ギルドのような組織——によって、これまでの創造的活動を継承し、モザイクだけでなく新しいガラス容器の開発にも力を注いでいた。モザイク集団が新たに造ったと考えられている「ネオーネ神父教会堂」

のドーム天井のモザイクは、聖ヨハネ教会堂よりも後のもので、五世紀の終わり頃ネオーネ神父の力により実現されたと言われる。ドーム中央部のモザイクには、ヨルダンの水辺に立つキリストに洗礼をあたえるギリシャ正教の聖ゲオルギウスの肖像が描かれており、その円形部分を取り巻いて十二人の使徒が配置されている。モザイク自体の構成や配色はプラキディア、ガルスの流れを継承したものである。

＊　＊　＊

プラキディアの長女ホノリアと息子ウァレンティニアヌスは、コンスタンティノープルにおいても、ラヴェンナにおいても、成人になるまでほとんど宮廷育ちで、しかも母プラキディアと日常接することは稀であった。ラヴェンナを逃れ東ローマに到着した当初は、家族全員で共に生活することもあったが、活動的な母は外出することが多かった。また、日常生活のなかで、存在するだけで無言の圧力になるはずの父親が最初からいなかったので、標準的家庭の生活を過ごすことは不可能に近いことであった。物質的に恵まれても、親子としての愛情、躾《しつけ》、対話等最低の条件すら満たされず、幼少のときから変則な生活で、しかも取り巻く女官達が子供たちを甘やかして育てていれば、まともな成人になることを期待することはまず無理というものであった。公式的な場においても、子供が前面に出ることを極力避け、母親が発言するようになると、子供には耐えがたい圧迫が積み重なることになり、反抗的にならざるをえなかった。この反抗心は、宗教の面でも現れた。母が宗教に対し熱を入れ、家庭を忘れて教会の建設に力を注ぐほど、子供たちは無関心な態度を示すようになった。二人にとっての宗教は義理的で形式的、心のなかでは別の世界で生活が行われていたように思われた。

長女ホノリアにまずこの反抗的行動が現れたのは十六歳の時であった。それまで弟のほうは、先に触れたように、六歳のときテオドシウス帝の息女エウドクシアと婚約し、しかも西ローマの皇帝に形式的ではあるが就位していた。既に自分の置かれた状況がおぼろげながら分かっていたはずである。腕白盛りの年齢でありながら、このような異常な環境のなかで育てば、まともな人間を期待するほうが無理というものである。わがままな芽が育ちはじめ、周囲が迷惑し、手が付けられなくなったのはこの頃からである。そして、ホノリアも宮廷で教育を受け、女性として必要な躾を曲がりなりにも身につけるよう強制された。しかも、国の将来を考えると、軽はずみな行動をとらないよう拘束し、象徴的価値ある存在として位置づけるため、女帝の称号を与えることが賢明であるとし、これにより混乱の発生をできるだけ防ぐことが図られた。偶然かどうか不明であるが、フン族のアッティラ王がアフリカのヴァンダル族と同盟を結んだとき、皇女ホノリアは自身の愛人であると公言した経緯——事実かどうか不明である——が西ローマに伝わったこともあり、このような不快な発言を抑えるためにも女帝に任命することは必要であった。彼女はこのように上から拘束され決定されることに対し、日頃から不満をもっていたし、宮廷を脱出し平凡な女性として生活を送りたいという気持ちは強かった。しかも、年頃になっても宮廷内で彼女に声を掛けてくれるような男性はいるはずはなく、また、日夜にわたる女官の護衛のもとでは彼女自身思いきった行動はとれない状況に置かれていた。弟もこれと同じ立場にあったので、彼ら姉弟は共同して行動し、自由を獲得しないかぎり展望は開けないという判断に追い込まれていた。彼らは二人だけで話し合う時間をつくるようになった。彼らは権力を逆に利用し、ともに宮廷内を闊歩してこれまでの閉じ込められた生活圏を拡大し、行政官達との接触を深めることにした。このことは両人の国政への理解、国民の生活の実態を知ることにも有効で、将来の治世のためにも必要のように思われた。事実、この行動に反対する理由は見当たらず、プラキディアも賛成であった。しかし、このことがきっかけで自由を獲得した二人は、これまでのしきたりを破り、それが日常化するようになり、奔放に振る舞うようになった。彼らは自由であったが、仕える行政官にとっては迷惑なことでもあった。やがて、二人に対しいろいろと噂が立てられ始めたが、ホノリアに妊娠の兆しが現れたのは、彼らが宮廷内で自由を獲得して数ヵ月後のことであった。相手は宮廷に仕える使用人頭であったことが聖ヨハネ教会の記録に残されている。このことを知らされたプラキディアは大きな衝撃を受け、一時の興奮に駆られて彼女を監禁したが、このことは直ちに宮廷内に広まった。結果的にホノリアはコンスタンティノープルに追放されることになり、東ローマの宮廷内の侍女として監禁される形式で、部屋に閉じ込められるという生活を強いられることになったが、このことにより親子の関係はより一層疎遠になった。

＊　＊　＊

ラヴェンナにおけるヨハネスの反逆事件以後、西ローマは危機回避に協力してくれた東ローマの直接的統治下に置かれたわけではなかったが、多くの面で内政に対し干渉を受けることになった。そして、今回プラキディアの軽率ともいうべき判断により皇女ホノリアを東ローマに預けるということは、人質を献上したのと同じ結果となり、当時フン族アッティラ王による無念の和平条件を飲まされた東ローマが、西に強圧的協力を求めたのは当然のことであった。このことを契機として、東ローマはラヴェンナ政府に対し、直接、間接に内政に干渉するようになり、西は絶えず決断を迫られることになったが、東に押し切られることが多かった。このような決定は、本来ならば元老院や貴族を中心に決定すべき事項であったが、高官達のかなりの部分がローマに居住していたため、会議がなかなか円滑に進行しなかった。首都としての機能はラヴェンナにあるはずであるが、実質は長い歴史をもつローマに残されていたのである。国の首都を軽はずみに移転し、単に防衛のために優れているということだけで遷都することは、その後の歴史においてもあまり見られないし、成功した例は皆無と思われるが、プラキディアがコンスタンティノープルで予感していたラヴェンナとローマとの間に介在するマイナスの面が、現実の問題として現れてきたのである。とくに蛮族が西ローマに侵攻する場合、彼らが新首都ラヴェンナを攻略するよりも、宗教や文化の中心で強大な古代都市ローマを目標にしたのは、単にラヴェンナが水に取り囲まれ攻撃に手間取るからという理由だけではなかった。ローマ帝国を支配したい帝王は、都市ローマ占領が目的であって、ラヴェンナではなかったのである。

この都市ローマは、かつて西ゴート族のアラリック王の占領後一時衰退したものの、キリスト教信者の増加とともに、中断された教会の建造も徐々に進展した。アラリック侵略直後に着工され、西暦四三二年に完成したサン・サヴィーナ教会もその一つであり、内部はバシリカ様式の簡素な寺院で、現在もほとんど変わることなく当時の状態を維持している。また、この年にサンタ・マリア・マッジョーレ大聖堂がアウェンティヌスの丘の上で着工されたが、この教会は華麗な古典的円柱が身廊に並び、本来の古典的特徴と増築部分のバロックの特徴が対照的で際立っている。身廊の前方祭壇上方のアーチに描かれた「ロトとアブラハムの別離」のモザイク画と列柱上部のモザイクは五世紀のもので、とくにこの「ロトとアブラハムの別離」は人物の表現や背景の家、水や町に対して省略的な手法を用いている。そこには次の時代の絵画の表現に通じるものが見られ、市民の目を大いに惹くことになった。アラリック王がローマに侵略したときの教皇はインノケンティウス一世であり、この教皇は意志強固、並外れた実行力の保持者であったが、その後これに劣らぬ強い教皇レオ一世が出現、やがて対決するフン族に対し勇気と決断をもって対抗することになった。ローマはか細いながらやっと息を吹きかえすことができたのである。

西暦四五〇年になって、プラキディアはローマを訪れることになったが、教会周辺は整備されてはいたものの、町並みはそれほど変化してはいなかった。そして、人通りは彼女が若いころ住んでいたローマに比べると、想像していたほど多くは感じられなかった。今回の訪問の目的は、これまでローマに住む元老院、貴族等高官を含む人達との交流がやや形式的であったので、今後の西ローマの採るべき政策等についての生《なま》の意見を聞くことにあった。とくに、差し迫って蛮族フンの進撃にどのように対処するかが懸案の問題であったが、そのなかにあって東ローマに対して西ローマがいかに協力するか、また、息子であるヴァレンティニアヌス三世帝への支持もプラキディアにとって避けることはできない案件であった。これらの問題については、とくに教皇レオ一世に対して依頼したい件も含まれていた。三世帝は、アッティラ王に対して一種の恐怖感を持っており、常に正面から対決することを避けようとする態度に自分の息子でありながら不信感を強めていたからでもあった。同時に、プラキディアが第一線から身を引いたとき、ラヴェンナ政府を抑え、まとめる素質を息子が持ち合わせていそうにないこと、また、他に適切な後継者が見当たらないことを想定しながら、フン族の攻撃に対し強い姿勢を示す教皇と話し合うつもりであった。この話し合いで教皇個人の決意は明らかになったものの、ラヴェンナ政府に対する積極的な助言はみられなかった。この面では必ずしも良い成果をあげたとは言えなかった。

今回の彼女のローマ訪問は、形式的ではあったものの大いに歓迎され、また、行事等に対してきめ細かい配慮がいたるところに払われており、彼女を喜ばせた。三十年ぶりに訪れたローマはかなり変わっていたが、到着直後は行事に追われ、落ちついて町を見ることはできなかった。それでも時間の余裕をみつけ、最初にサンタ・マリア・マッジョーレ寺院を訪れることにしたが、そこでは寺院のモザイク画を見ることが目的であった。既に人の噂で聞いており、彼女の予想していた通り美しくまとまったモザイク画であったが、その絵の構成は「十字架礼拝堂」とは全く異なっており、枠にはめられたパネル式の壁画であって、空間の中で自由にまとめられているラヴェンナのそれとは対照的であった。彼女はモザイク画の面に関しては、ラヴェンナのほうが優れていると判断したが、建物自体は信者の数の多いせいもあってか、規模壮大で周辺の環境も良く整備されていた。

当時のキリスト教の大司教の地位は、アレクサンドリア、アンティオキア、イェルサレムと東ローマのコンスタンティノープルの町が東方領土内で認められていた。これらの都市にある教会の大司祭が、担当する各地域をまとめるという組織になっていた。彼女は教皇との交渉でラヴェンナに新たに大司教を加えることを求める提案を行ったが、理由としてプラキディアがラヴェンナにおいて教会堂の建設に努力し、またローマにも見られない華麗な寺院が高く評価されていることを取り上げた。この提案に対し教皇は、ローマには現在大司教を決定するほどの力がないという理由により快い返事は得られなかったが、この回答は後にラヴェンナと法王庁との対立にもつながることになった。プラキディアにとって、首都ラヴェンナの将来は行政の面よりも宗教や文化に力をいれることにかかっており、また、そのためにも大司教の地位を確保することが最重要の課題としていただけに、この教皇の対応は彼女の期待を裏切るものであった。彼女は再度の訪問を約して教皇と別れることになった。

ローマの町を訪れ、最初に感じたことは、賑やかな人通りのなかに異民族が以前にくらべ増えており、しかも自由な雰囲気がただよっていることであった。彼女がかつて西ゴート族のアラリックの捕虜となる以前のローマには、活気が満ち溢れていたように思われたが、当時に比べると行き交う人は多いとはいえ、明るさに欠け、また、敗戦による経済的打撃が意外と大きかったためか、それに伴う商業活動の停滞を示しているようであった。また、当時ローマもラヴェンナも共に農村での不在地主の定住地であり、消費地であったと言われていたが、単にそれだけで都市の活動が沈滞するとは考えにくかった。また、人の流れを見ると、当時のイタリア人とギリシャからの移住民の多かった町に、ガリア、ゲルマン、アフリカ等の領域からの移民が増加し、ローマ領域の道路網の整備にともなって遠方からの交流が容易になったためか、異民族が集まり始めているようであった。そして、本来のローマ人が少なく見えるほど国際的都市の様相を呈しており、このことも彼女にとって衝撃であった。ラヴェンナで行政に追われながら西ローマ領域を統治しているつもりの彼女にとって、ローマでは予想もしなかった全く別の都市活動が展開しているようであった。このような異民族との活発な交流がどのようにして起こったのか、そして、それがラヴェンナでなく何故ローマで起こったのか、彼女には全く理解し難いことであった。

彼女は西ゴート族の捕虜となり、短期間ではあったが異民族と生活を共にしている。そのなかで、彼ら西ゴートの人達は寒冷地の不毛な農耕生活を捨て、温暖な地域で海に恵まれた生活を夢見て移動を開始したということは理解したつもりでいた。しかし、農耕だけについて言えば、イタリア地域は土地も狭く、生産額は毎年のように減収を辿り、それほど豊かではなく、ガリア（現フランス）やアフリカの方が豊穣で、こと食料に関してイタリアは周辺属領に依存しているのが現状であった。それでも西ローマはフン族やヴァンダル族の侵略の対象になっており、しかもラヴェンナよりローマ攻略が目標になっている。それでいて平和な時は周辺の異民族が職を求めて、ローマに集まろうとするのである。ローマが人々をひきつける魅力は一体何なのか、商業的魅力でないとすれば宗教なのか、過去の文化や遺産なのか、或いは未来の発展を期待してなのか、プラキディアにとっては解けない問題であったが、反面、このままでは異民族によりローマは支配されるのではないかという不安も感じていた。

ローマに滞在中、そして、教皇に再会を約束した前日、彼女は床から起きる直前、目眩を感じ倒れたまま急に息を引き取ったのである。西暦四五〇年の初めのことである。この知らせは直ちにラヴェンナと東ローマに伝えられたが、西ローマの実質的統治者を失うことによる影響を考え、ことは慎重に進められた。とくにフン族やヴァンダル族の動きに配慮し、前線での戦闘体制に支障が起こらないよう、葬儀はローマで密やかに行われた。遺骸は石棺に収められてラヴェンナに運ばれ、彼女が完成した「十字架の礼拝堂」に安置されることになった。後にこの礼拝堂は「ガッラ・プラキディアの墓廟」と呼ばれるようになった。彼女の石棺は、この建物の入口正面に置かれており、左側に夫であるコンスタンティウス帝の石棺が並べられている。多くの市民に親しまれ、また、西ローマのために尽くした感謝の気持ちを示すための葬儀は盛大に行われた。

母親である女帝プラキディアを失ったヴァレンティニアヌス三世帝にとって、幼少の時は別にしても肉親を失うことは初めての経験であり、大きな衝撃であった。そして、この死により、これまで女帝がすべてを決定することに甘んじていたためか、すべてのことに対し判断力を欠く無能な自己を強く意識するようになった。当時三十一歳という年齢に達していながら肉体以外はすべて晩成で精神的には弱く、子供の頃から前面に立ちはだかって諸事を解決してきた母親による教育のせいか、このような弱みを隠そうとすればするほど、三世帝は感情的に物事を判断することが多く、また、場当たり的に行動することも多かった。彼を取り巻く人達のなかには、これまで意見を具申し、積極的に意見を述べる人もいたが、これを受け入れる度量に欠け、また問題解決を避けて最後には直言する人を側近から外すことも多かった。そして、自分の考えや方針を安直に受け入れる側近により行政が進められることが多かった。

女帝亡き後、これまで絶えず拘束を受けて来た三世帝は、時間が経つにつれ久しぶりに自由を勝ち取ったような気分に浸ることができるようになったものの、それでも東ローマからの圧力から解放されることはなかった。統治者の地位を手に入れ、まず彼のなすべきことは、これまでのような東からの内政干渉を避け、属国として扱われることから脱却することであった。ヨハネスの反逆以後、東の行政官のラヴェンナへの派遣は、絶えず情報が漏れるためか、ラヴェンナ政府独自の方針決定に大きな障害になっていた。彼は事あるごとに東の派遣官僚を減らすことに努め、また、東に迎合する官僚を閑職に追いやり、弱体化を図ることにした。また、三世帝が西ローマの帝位に即いたのは、叔父にあたるテオドシウス帝の政策によるもので、しかも三世帝の妃は帝とアテナーイス皇后との間に生まれた息女エウドクシアと決められており、三世帝が十八歳のとき形式的ではあるが盛大な結婚式が行われた。エウドクシア妃は結婚するまで東ローマに居住し、侍女に取り囲まれ、両親のもとで貞淑な生活を送り、ラヴェンナを訪れることはほとんどなかった。結婚後は東からの侍女を引き連れラヴェンナに移動したが、夫を立て、良く尽くす妻として評判は高かった。問題はむしろ三世帝にあった。宮廷内の侍女だけでなく、ローマに出掛けては好き放題な生活を続けており、結婚後も円満な家庭生活とは程遠く、家庭外でこれまで以上の快楽に耽ることが多かった。このためにも邪魔になる取り巻きの侍女たちをコンスタンティノープルに返す必要が生じたのである。

このような三世帝のとった行動に対し、まず東ローマからの反応は、プラキディアの娘であり三世帝の姉でもある皇女ホノリアの処遇であった。彼女はスキャンダル以後、母であるプラキディアにより追放という形で、東ローマの宮廷に監禁に近い状態で日々を過ごしていたが、早速ラヴェンナに送還されることになった。これまでホノリアは西ローマの人質的役割を果たし、東ローマの内政干渉の要因にもなっていたが、フン族アッティラの侵攻後は、アッティラがホノリアをあたかも自分の妃のごとく宣伝し、このため彼女は東にとっては迷惑な存在になりつつあった。この宣伝はアッティラ一流の情報戦略で、東ローマと西ローマの協力に溝をつくり、相互の関係を弱めるために有効であると判断していたようである。しかし、アッティラ自身はホノリアを正式に妻として迎えることを、やや真剣に考えていたようである。彼はフン族の王として、これまで多くの妻を同時に持つという慣行に従い、その忠実な実行者であった。この後継者を増やすという慣行も、それなりに意味があったが、東西ローマ帝国のように女性を行政者として考えたことは一度もなかったのである。かつて住んでいたアジアからローマへ侵攻するにつれ、優れた騎馬隊による攻撃は多くの成果を挙げてきたが、占領し定住した後の行政的支配ということに対して、フン族はやや欠けていることに気づき始めていた。彼は西暦四二五年頃にハンガリーの領土を奪い、この肥沃な土地を背景に時間をかけてローマへの侵略を続けてきたが、西ローマを破るためには単に武力だけでなく、行政的にも宗教的にも、人々を引きつける何物かを持つことの必要性を感じ始めていたのである。

当面の敵であるローマをみると、東も西も共に若年の帝が帝位を継承しており、軍事に関しては補佐役がこれを補完していたが、彼らの常識からすれば全く不自然であり、考えられないことであった。しかも、東は女帝ブルケリアが、西は女帝プラキディアが共に女帝でありながら統治の中心的役割を果たしていた。アッティラにとっては理解できないことであったし、もし仮にそのような体制を考えても、フン族には適任者はおらず、また、女帝候補がいるとしても民族の全体会議で否決されることは明らかであった。しかし、占領地が拡大し行政を円滑にするため、また、ローマと対抗するためにも、プラキディアの娘ホノリアを手に入れ、統治者として役立てることが大国になるための必要条件のように思われ始めたのである。しかし、このことが簡単に実現するとは本人自身も全く考えてはおらず、差し当たり戦いに勝利することが先決であった。

一方、ホノリアは母から追放という酷い仕打ちを受けたことにより肉親間の愛情は一層疎遠なものとなっていたが、母を失って以後突然のラヴェンナへの帰国の指示は、全く予期していなかったことであり、また、自身の人格を無視された決定に対して憤りを感ぜざるを得なかった。そして、いかにすればすべての拘束から解放されるかを考えるようになった。彼女はこれまでの煩わしい人間関係から抜け出し、政治や宗教から離れ、祖国からも縁を切って、自由を得るため全く別の世界で生活することを夢見るようになった。そして、不可能とはわかりながらも、アッティラに嫁ぐことを真剣に考えることもあった。そして、東ローマからラヴェンナに帰国するようにという指示を受けた時、母が既にラヴェンナにいないだけに、彼女が将来に対する自由を確保する可能性が高くなり、少しはこれまでよりも良い条件になるのではないかというささやかな期待を抱くようになった。彼女がラヴェンナに戻ってしばらくたってアッティラは西ローマに対し戦闘を開始した。その手始めに、まずガリアの侵略を図ったが、西ゴート軍と協力した西ローマのアエティウス将軍の連合軍により敗退、その後再びアルプスを越えイタリアに攻撃を加えてきた。途中アクィエレイアの町でいささか手こずったが、それ以後は得意とする騎馬隊を駆使し、怒濤の勢いでパドヴァ、ヴィチェンツァ、ヴェロナ、ミラノ等の都市を席巻した。これらイタリアの諸都市は、かつて都市を防衛するためローマ軍に期待したが裏切られ、その後、それぞれの都市が市民による軍隊を持って防衛に当たるという歴史を持っていた。しかし、平和が続くと財政的理由もあって、これらの町は都市防衛のための軍を廃止したものが多く、数十年の間武装による修練を怠っていたので、あっけなく占領された。このとき戦ったのはアエティウス将軍によるローマ軍のみであり、西ゴート軍の協力を得ることはできなかった。アエティウスは唯一人ラヴェンナ宮廷の部隊を率い、戦場を維持し、アッティラを悩ましてはいたが、この祖国存亡のとき三世帝はラヴェンナの危機を感じて首都を放棄し、ローマへ脱走したのである。プラキディアを失った後、判断力に欠けていた帝の、騎馬隊にとって苦手の沼や海に取り囲まれた難攻不落のラヴェンナを捨て首都を放棄するという決定は、元老院だけでなく市民をも驚かすものであった。そして、ローマに脱出した帝は教皇レオに仲裁を嘆願し、その結果教皇の斡旋により、西ローマは幾つかの条件を受け入れることにより侵略者アッティラを満足させ、イタリアはかろうじて現状を維持することができたのであった。しかし、降伏の代償として、アッティラの日頃からの強い要望でもあった皇女ホノリアを妃として差し出すこと及び莫大な身代金の献上が含まれていた。これらの条件は実現され、ホノリアは妃として迎えられ、盛大な結婚の式はドナウ河の彼岸にあるアッティラ王の宮殿で行われた。そして、親族をふくむ大饗宴が開かれたが、宴会が終わり両人が寝室に引き取った翌朝、アッティラの死体の脇でうち震えるホノリアが発見された。アッティラは動脈破裂後、血液の奔流が両肺や胃袋に流れ窒息死したと言われている。アッティラの死後フン族はその息子達の時代になるが、内部で分裂を起こし、やがて消滅することになった。ホノリア妃の消息はその後杳《よう》として不明であった。

将軍アエティウスは市民からも信頼を得、また部下達からも敬愛されていた。そして、将軍の息子と三世帝の息女との婚約も成立、本人がかつてプラキディアに反逆者として追放されて以後、現在に至るまでの貢献がやっと報われつつあった。しかし、小心の帝は将軍の親子により玉座が脅かされることを恐れ、嫉妬心も手伝ってアエティウスの行動が傲慢に見え始め、恐怖を抱くようになった。たまたま宮殿において帝の息女との結婚に関し、アエティウスが差し出がましい発言をしたことに立腹した帝は、刀を抜き胸を刺し殺すという事件を引き起こした。この殺人事件は宮廷内だけでなく、同盟諸民族、市民を含み、帝への非難と不信として現れ、同時にこの英雄の死に対し心からの哀悼と同情が寄せられ、盛大な葬儀が行われた。この事件の後も帝のローマにおける人並み外れた行動、とくに女性に対しての異常な振舞いは非難の対象となり、元老院議員ペトロニウスの貞淑な妻を奸策により強引に辱めたとき、最高に達したのである。この策謀は帝一人で実行できるものでなかったので、貞淑な妻である女帝エウドクシアの名を騙り、婦人を誘惑するという全く卑劣な手段を弄したのである。この事件により、美貌で控えめな妃にまで愛想をつかされ、帝は一層孤立化したが、そのようになればなるほど遊興に走り、全く手が付けられない状態に陥ったのであった。そして、最後はアエティウス将軍のもとでかつて働いたことがあり、当時帝の従者を務めていた兵士により命を絶たれることになった。この反逆による死に対し悲しむ人は少なく、逆に安堵した市民が多かったという。帝の死により、テオドシウス大帝の血を引く西ローマの継承者は絶えることになったが、伯父や従兄等の歴代皇帝はいずれも気性が激しく、常軌を外れた人が多く、この間賢明な女帝により維持され、発展した面は少なくない。三世帝の亡くなった西暦四五五年以後、西ローマはますます混乱の度を加え、ヴァンダル族ガイセリック王の攻撃と相まって約二十年後（四七六年）に滅亡することになった。

＊　＊　＊

反逆者ヨハネスが鎮圧されて以後平和な状態が続いていたラヴェンナにおいて、目を覚ますような事件といえば、皇女ホノリアの悲恋問題程度で、それも時間の経過とともに忘れ去られたようであった。そして、首都がラヴェンナに移されてから、広場を取りまいて市庁舎や裁判所が建てられ、また周辺に商店が増加し、時には属州からの来訪者が見られるようになった。以前にくらべると、人出もかなりふえ、町はこれまでになく賑やかになった。とくにローマ人以外の移住者が目につくようになり、ギリシャ人やゴート人等が現れ、これまでにない新しいラヴェンナが生まれつつあった。また、教会に姿を見せる人のなかには、町以外の人も多く、新たに教会を建てるべきであるという議論や、円形競技場の建設等の問題が議会で取り上げられたこともあった。町の中心部の北側には、環境が良いせいか高級な邸宅が建てられ始めたが、大部分は市域外に農地を持つ不在地主や商人、貿易商の住宅が多かった。

やっと町らしい体裁を整え、活気に溢れ、首都らしい様相を見せはじめたラヴェンナの町に、やがて暗い影を落とすような事態が発生した。それはフン族アッティラ滅亡の後、新たにヴァンダル族が西ローマを脅かし始めたことであった。本来ゲルマン民族に属するヴァンダル族は、民族の大移動をきっかけに、ヨーロッパからアフリカに南下し徐々にその勢力圏を拡大、地中海を根城に船による侵攻を得意としていた。既に触れたように、アフリカでの勢力が強まった結果、西ローマの食糧基地であるシチリアを含むこれらの地域からの食糧の輸入は、急激に減少し始めたのである。このため国内の農業に期待が寄せられたが、もともとイタリア本土での営農意識は低く、当時の農業生産量は減少の傾向を辿っていたので、農業に対する課税を基本にしていた国の財政収支も悪化しつつあった。同時に、その他の属領との貿易も順調に進まない西ローマにとって、この財政悪化は町の整備だけでなく、新たな教会の建設等に大きな障害となった。このような問題はプラキディアの統治の頃すでに始まっており、農業の急速な回復は期待できないので、彼女が亡くなる数年前から、財政健全化のため組織と人員を減らすという対策がとられていた。軍隊を縮小することが最も簡単であったが、外敵の侵攻を目の前にして、簡単に実行するわけにもいかず、結果として他の部門の縮小を考えざるを得なかった。ガルス亡き後のモザイク集団も人員削減の対象に含まれた。プラキディア自身現状維持で残すつもりでいたが、反対もありこの削減を飲まざるを得なかったのである。そして、集団の一部の人を除き、かなりの人達は宮廷から離れることになった。宮廷内には工匠ガルスの息子を含む一部の人が残ったが、これらの人達は伝統的なガラス素材の開発を中心に、これまでの技法の改良等を進めることになった。また他都市からの製品の依頼等に応じる場合は、宮廷から外に出て新規に仕事を始めた人達と共同して生産することが多く、それらの作品の評価は高かった。

当時、ウェネティアという名称は、東はハンガリーとユーゴスラヴィアの境界から西はイタリア東北部を流れるアッダ川、南はポー川から北はアルプスに及ぶ肥沃な属州全体に広く用いられており、特定の都市を指すことはなく地域全体の呼称であった。この広範な地域には五十以上の都市が含まれており、ポー川の流域は小麦やブドウの栽培が活発であった。また、東部海岸地帯では塩の生産と漁業が中心で零細漁港が点在し、また百余の島とともに海岸線を形成していた。この地帯にはミラノからボローニャを通りローマに通ずる幹線道路アエミリア街道が走っておりイタリアとヨーロッパを結んでいたが、この街道以外に海岸線にはアクイレイアの町からアドリア海に沿ってボローニャを結ぶ道路も造られていた。ラヴェンナはこの両者の道路の交わるボローニャからつながっており、やや不便ではあったが川や沼等の存在は、都市の防衛に有効であった。この海岸線の道路は、アドリア海に注ぐ数多くの大小河川を渡る橋が多く、上流で川が荒れると橋が流されるという不安定な道路でもあった。従って、この道路は北からローマを侵略する軍勢にとって、戦略に乗らない不安定なものであった。

この平和で広大なウェネティア地域に最初に大きな衝撃を与えたのは、西暦四〇一年における西ゴート族アラリック王によるイタリア侵略であった。この進入は、ラヴェンナの難攻不落を知ってかアエミリア街道を通り直接ローマへと進み、ローマを占領したのち初めてラヴェンナ政府と和平交渉を持つことになった。このウェネティア地帯のアエミリア街道沿いに住む住民達は、侵略軍の略奪により大きな被害をうけ、本来なら防衛に当たるべきローマ軍も敗走したため、自己防衛のためラヴェンナのような川や沼に恵まれたアドリア海の海岸線に目を向けるようになった。この侵略以後海岸線で住むため、島の開発等を含み少人数による集落が発生するが、これにより農業と同時に製塩や漁業を中心に栄え、それ以後のフン族侵入にもほとんど脅かされることはなくなった。フン族が敗れイタリアを離れてのち、この海岸線地域の安全性に対する評価は高まり、やがてこの地域が貿易都市ヴェネツィアの誕生につながっていった。

ラヴェンナにおいては、この頃から外港にあたるクラッセ港に土砂の堆積がみられ、年を追うごとにその量もやや増え始め、漁業者や貿易商からの苦情が訴えられるようになった。当時地中海の貿易量は増加し、船も大型化しつつあり、水深が浅いと船底が接触し座礁のおそれがあったので、住民は港に対して極めて神経質になっていた。このあとクラッセ港は二〇〇年以上にわたり港としての役割を果たすのであるが、海に頼ってきたラヴェンナにとって、港の整備は極めて重要であった。洪水のたびに常に土砂は海に流されてきたのであるが、平時でも土砂が水路に堆積するようにみえて不安を感じていたのである。浚渫するというような発想はあっても、それに対応する技術は見当たらなかったので、港に流れ込む水路をつくり、上流の河川を改修して絶えず速い流れの水路を確保することが望まれた。また、海の近くに倉庫等の建物を建てると、海岸は地盤が弱いため建物が沈むので、これを避けるためラヴェンナでは松の木を杭とし、この杭の上に建物を建てることが一般的に行われてきた。いずれにしても、港湾とそれに接する陸地の部分の再検討が必要になる時期にきていたのである。

西暦四五〇年、プラキディアがローマで亡くなる二年程前から、限られた重臣等を集めラヴェンナの将来とそれに付随する多くの問題について定期的に会合が持たれていた。主な議論の一つは首都をもう一度ローマに移転するかどうかという問題であり、他は港湾をどうするかという問題であった。第一のローマへの首都機能移転の問題は、移転賛成派の西ローマ帝国の勢力回復説と、反対派の防衛優先説に分かれたが、これらの議論のなかには西ローマが近い将来滅亡することを予測するような内容は含まれていなかった。しかし、ラヴェンナが衰退することに対する危機意識だけは共通していたようである。そして、ローマは防衛に対しては恵まれていないが、それでも教皇の力が強まればラヴェンナより発展する可能性があるという議論のもと、ラヴェンナも宗教に対し力をいれるべきと結論づけたのである。一方港湾に関しては、明るい展望をもつ人は少なく、新たな水路を開設して更新することが決められた。当時西ローマ帝国のアドリア海に面する重要な港湾としては、南部のバーリとラヴェンナの町以外に見当たらず、ラヴェンナのクラッセが適地でないとすれば、新たな港湾を考えざるを得ないこと、そしてその候補地としてヴェネティアの名前が初めて浮かび上がったのである。当時ヴェネティアの潟に浮かぶトルチェッロ島には戦争を避け、漁業と製塩を中心に生活する人々がいることは知られていたし、また周辺の幾つかの島々にも新たな住民が集まり始めていた。

プラキディアはこの情報をもとに、ヴェネティアの調査を進めることにした。ここに港湾を設ければ、クラッセ港に比べると港としての条件が良さそうなこと、また海に流れ込む河川も少なく、土砂の堆積も見られず維持管理が容易なこと、建物を建てるときもラヴェンナと同様杭を用いれば安定度が高いこと等が判明した。さらに、彼女が日頃から気にしていたもう一つの条件があった。それは、フン族アッティラと東ローマとの和平交渉の条件のなかでフン族が持ち出している要求で、彼らは単に金銭や貢物による支払い以外に、貴金属の加工や、陶器、織物等の職人の提供を強要することであった。体《てい》良く言えば派遣技術者——実際は高級な奴隷——の提供を求めていたのである。この東方の慣習は後の時代にも見られるが、西ローマも万一の事態を考えておくべきであると判断していた。これらの条件を含み彼女はこのトルチェッロ島にガラス工房を設けることを考え、モザイク集団の工匠達に話しかけてみることにした。

当時、宮廷を中心にモザイク・ガラス集団は行政改革のため縮小され、宮廷の外部で新たに仕事をする人達が増え、そのため炉の建設等生産の準備に追われ生活は安定を欠いていた。一方で女帝がガラスに関心が高いことは有名であったので、属州等から新たに献上されるガラス製品等のなかに優れたものも多く、その生産のための技術の検討、造り方の開発で工匠達は極めて忙しかった。献上品のなかにはモザイク・ガラス以外の新たな製品、例えば、聖書を主題にした物語を背景にした彫刻でまとめた芸術的なボウル、神や人、動物の像等を金箔とガラスで覆った円形メダル、有色ガラスの斑点のついたボウル、教会のランプ等が含まれていたが、工匠たちはこれらの製品を模倣するだけでなく、新たな技術を開発することで忙殺されていた。同時に、彼らは、透明で無色のガラスを完成することが究極の目標であるとして努力を続けていた。このような状況のなかで女帝からのガラス工房のヴェネティアへの移転の提案は、工匠一同に大きな衝撃を与え、容易に結論を出すには至らなかったが、外敵の侵入の可能性も高く、ガラス工芸の維持と将来の発展性を考慮して、宮廷の援助のもと五年後をめどに一部の人達の移転が実現することになった。実現の途中で女帝はローマで亡くなったが、この約束は守られ、トルチェッロ島への移転後西暦六五〇年頃までの間生産が行われた。島には三つの炉が建設され、最近になって炉の周辺で多くの花柄のビーカーの破片が出土されている。このガラス炉は廃止された後、ムラノ島に移りヴェネティア・ガラスに受け継がれたものと思われる。

ヴァレンティニアヌス三世が亡くなった西暦四五五年から、僅か二十年の間に西ローマ帝国は滅亡の道を辿ることになるが、この間実質的に六年の空位の時期を含み、十人の皇帝が帝位に就くという極めて不安定な政権がイタリアを支配していた。この短期間の統治の断続のみを滅亡の原因とすることはできないが、いかに善政を行っても、悪政が繰り返され、展望を持たない統治者が支配すれば国が滅びるということを歴史に学ぶことは重要のように思われる。

三世帝の亡き後にまず登場するのがマキシムス帝であるが、即位して真先にせねばならぬことは、ヴァンダル族を迎え撃つことであった。彼らはこれまでに西ローマの属州であるアフリカを略奪・支配し、さらに地中海を支配するためイタリアを攻略しつつあった。西暦四四〇年頃からシチリアのパレルモを征服したヴァンダルは、新たにムーア人と大船団を組んでイタリアへ出撃し、ローマを流れるテヴェレ川の河口に投錨したため、平和なローマ人を驚かせたことは言うまでもない。マキシムス帝はもともと貴族の出身で世襲財産を持ち、また才能にも恵まれていたが、美しい妻がかつて三世帝により辱められたこともあり、その同情もあって帝亡き後の西ローマの後継者に選任されたのである。就任後、妻を失った帝は情欲と復讐心の虜になって三世帝の妃エウドクシアを凌辱することになるが、この愚行はヴァンダル族の王ガイセリックを迎え撃つ市民にとって、少なくとも良い印象を与えるものではなかった。しかも、敵が現れるまで戦闘の準備をすることもなく、全く無気力に攻撃を待つだけで、敵が現れると真っ先に逃亡する帝を目の前にしたとき、その卑劣な行動は民衆の投石の的となった。ガイセリックはローマ外港オスティア港に上陸後直ちにローマに進撃したが、これを受け止めたのは皇帝でなく教皇レオ一世の気迫であった。市民の生命は脅かされることなく、また放火等を禁じることで教皇との交渉が成立したが、徹底した略奪は十四日間にわたり継続した。貴族の富や宮殿の財宝等は根こそぎ持ち去られ、それらの戦利品は船によりカルタゴの港に向かって積み出された。マキシムス帝の治世は僅か三ヵ月で終わり、東ローマ帝国からその帝位を認められることもなく、次の帝アウィトゥスに引き継がれた。

アウィトゥスは軍人で帝位に就く前は、ゴート族の支配下にあったが分裂気味のガリアの国内を平定するため、マキシムス前帝により総司令に任命され最前線で指揮をとっていた。彼は蛮族出身のガリア人であったが、根っからの軍人で熱意をもって任務を遂行しつつあった。しかし、帝が惨殺されたため、次期皇帝としてガリア属州代表者の支持、とくに東ゴート族テオドリック王の支持により西ローマの帝冠を得ることができた。この就位は東ローマの同意を得ることができたが、帝はラヴェンナに住むことはなくローマで過ごし、成り上がりのせいか帝位に就くとローマにおける奢侈な快楽に耽り、好色を欲しいままにしたためにローマ市民だけでなく西ローマの諸地方からも非難されることになった。この行為に対し元老院も不満をもつに至ったが、当時ヴァンダル族の船団をコルシカの海で撃沈し、イタリアの防衛に当たっていた司令官リキメールに退位を強く迫られた。リキメールも西ゴート族の血が混ざった蛮族出身と言われているが、非難を受けた帝はほとんど抵抗することもなく紫衣を捨て、その任期は僅か二年に満たなかった。

この帝の後を継いだのはマヨリアヌス帝で、末期的症状を呈していた西ローマのなかでは他の帝とは異なり最後の帝らしい帝であった。人格にも秀で、行政の面でも業績を上げた人として高く評価されているが、帝位に就く前は軍人として軍功も立て、督軍リキメール、別名国王製造者とも親しい間柄にあった。前帝が亡くなり、かなり長い空位の時期、この蛮族出身のリキメールは貴族の称号のもとイタリアを支配しており、それまで本人が担当していた軍の総司令の地位をマヨリアヌスに譲っていた。リキメールは帝位に就くつもりでいたが、マヨリアヌスを帝位にというローマ市民の強い要望に同意せざるを得なくなり、渋々ではあるが就位を認めたのであった。マヨリアヌス帝は混乱の時代を克服するため、賢明でしかも極めて独創的な施策を打ち出した。まず疲労困憊《こんぱい》した属州の庶民に対しての減税、借金の一部棒引きを認め、また、役人の傲慢で専横な振舞いや要求を抑え、さらにこれまで栄えていた都市の自治組織の復活を試みた。ヴァンダル族の侵略も大きな原因であったが、ローマの町は大いに衰退し、公共施設、とくに大競技場や劇場は市民の欲求を満たすことなく、公共浴場、図書館や司法の殿堂も、この怠惰な世代にとって無用の長物であった。帝はこのような事態を元に戻すため力を注ぐ一方、ヴァンダル族の王ガイセリックの軍勢と戦い、撃退する必要があった。彼らの軍隊はたびたび船により都市を襲うことがあったが、時には帝は積極的に奇襲を加えて撃退し、その戦術や豪胆さの風聞が周辺諸州に伝わるにつれ、西ローマに加担する軍勢も増え出した。一方、ガイセリックの内部にも分裂の兆しが現れはじめ、西ローマとの休戦に同意したが、マヨリアヌス帝がアルプスに近い陣営に軍を休めている最中、野心家の貴族リキメールの煽動により帝は兵士により捕らえられ、その五日後には赤痢で死亡という情報が流された。影で政治を牛耳るリキメールにとって、帝の活躍は帝位願望の妨害にこそなれ、これ以上の容認はできないという判断が、暗殺という結末を招いたのである。

マヨリアヌス帝の後のアンテミウス帝の登位まで実質数年間の空位の時間があり、この間の政権は専らリキメールの手に委ねられていた。この野心家はマヨリアヌス帝の前例もあって、人格者や有能人を選ぶという愚挙は避けるようになった。また、毎年春になるとガイセリックの海軍がカルタゴに集結し、王自らが指揮をとりイタリアを略奪していたが、イタリアには海岸線全体を護る戦力はなく、西ローマは極めて不利な状況に置かれていた。当時ガイセリックの捕虜になっていた東ローマの王女エウドキアをカルタゴに連れ去り、この王女を自分の長男へネリックの妻としていたので、ヴァンダル族と東ローマとの間には一応友好的関係が保たれていた。その結果、当面の敵として西ローマに的を絞って攻撃を加えていたので、リキメールは東ローマの軍門に下ることが賢明であると判断し、皇帝の選定は東ローマに依存することとなった。このため東ローマと同盟を結ぶことになり、その指示によりアンテミウス帝が誕生したのである。彼も軍人であり、東ローマの将軍の息子であった。帝位に就くや東ローマの軍の援助をうけ、ヴァンダルに対して攻撃を加え、一時はカルタゴに上陸し首都に迫ったこともあったが、悪運強いガイセリックはここでも難を逃れたのである。その後も帝はローマのため活躍するが、その力がリキメールを凌駕することを知ると、この陰謀家は帝を追い落とすことを画策、これにより帝は惨殺されることになるが、新たにオリブリウスが帝位に就くことになった。西ローマの滅亡の原因のかなりの部分は、院政支配のリキメールに負うところが多い。

オリブリウスは西ローマの元老院議員であり、その妻はウァレンティニアヌス三世帝の娘プラキディアであった。リキメールはオリブリウスを最もふさわしい人物と考えており、また、妻や友人達の勧めもあって、オリブリウスは皇帝の地位に就くことを決意した。そして、東ローマのレオ帝の暗黙の承諾を得て、西帝国の皇帝として迎えられることとなったが、一方でリキメールは難病に侵され命を落とすことになったため、帝は在位僅か七ヵ月で退位することになった。この後イタリアの皇帝の選出に最も力を入れ始めたのは東ローマであったが、新帝の決定に内部で揉めている間《かん》隙《げき》をぬって、西ローマでは無名の軍人グリケリウスが庇護者グンドバッドの力により皇帝の座を獲得することになった。本人は帝位に対してはあまり乗り気でもなく、その座に執心する競争相手が出現すると、あっさりと帝冠を捨てアルプスの彼方で司教の職に甘んずることになった。この帝の後を引き受けたのがネポス帝で、彼は元老院、イタリア市民及びガリア属州民の正式の承認を得て帝位に就いた。ネポス帝は徳性も高く、軍事的才能にも秀でており信任も篤かったが、西ゴート族との領土問題で平和条約を結んだことが蛮族連合軍を怒らせることになり、彼らはローマ及びラヴェンナに攻撃を加えることになった。ネポス帝はラヴェンナが強固な砦であることも忘れ、震えあがって船団に逃れ、そのままアドリア海を渡り自分の出身地でもある対岸のダルマティアに逃げ帰ったのである。この屈辱的な逃亡は退位につながり、西ローマ最後の皇帝ロムルス・アウグストゥルスを迎えることになった。新皇帝ロムルスは、ネポス帝の下で軍務に服し、名誉顕官、諸軍総司令を勤めたオレステスの息子に当たる人物で、父がネポス帝の後継者として推薦されたものの紫衣を拒否したため、息子ロムルスが引き受けざるを得なくなったのである。父オレステスは既に西ローマの滅亡を察知しており、もしそのような事態が起こるとすれば、その原因は部下である蛮族の傭兵の蜂起によるものと予感していた。西ローマの軍隊は長い歴史を経て、ローマ人だけでなく、蛮族の人達を含み能力のある人であれば出世が可能という態勢になっていた。貧しくても有能な人であれば、国の統治に関連する重要な地位を得ることが可能であり、出身による差別は見られなくなっていた。そのためか蛮族の比率も高まりつつあった。イタリア全土の三分の一を蛮族に引き渡せという要求は当時の時代の背景を示すもので、この条件をオレステスに突きつけた蛮族出身のオドアケルは、蛮族連合軍を集めて攻撃を開始、オレステスは敗れて惨殺され、ロムルス新帝もオドアケルに慈悲を懇願せざるを得なかった。西暦四七六年のことで、この年八月オドアケルは彼の率いる連合軍から国王の称号を与えられることになったが、彼は全治世の期間を通じて、紫衣や帝冠の着用は行わなかったという。オドアケルは、皇帝に任命されることによる無駄な金を使うことは避け、皇帝の地位は廃止することが望ましいと考えていた。ロムルス帝もこれまで帝位を継承していたが、西ローマの帝座は東ローマに移すべきと考えており、このことを東のゼノン帝に伝えた。この結果オドアケルに名誉顕官の称号が与えられ、イタリア管区の行政権を賦与することが認められた。ここにおいて、ローマで優越した民族として君臨してきたローマ人が、その後初めて蛮族出身者による統治を、それも長く受けることになった。

＊　＊　＊

ヴァレンティニアヌス三世が亡くなり、西ローマ帝国最後の皇帝ロムルス・アウグストゥルス帝に至るまで約二十年間の帝位の移り変わりについて簡単にふれたが、この間帝としてその功を全うしたといわれるマヨリニアヌス帝が約五年間在位した以外に、空位の期間が六年近くあり、結果的には平均在位期間は約一年二ヵ月に過ぎなかった。因みに一九五五年から一九九〇年にかけての日本の歴代内閣の平均年数は、全く偶然か一年二ヵ月である。経済成長期に当たる日本と西ローマと比較すること自体、意味がないかもしれないが、ともに安定した状況になかったことだけは共通しているようである。西ローマの場合、短期間の皇帝の繰り返しで、しかも展望と実行力がなかったため、良い政治は期待できず、その上、蛮族出身の軍人上がりの皇帝に支配されるとあって、差別意識の少ない西ローマの市民も快くは思っておらず、明日の生活に対し全く期待は持てなかったのである。

この西ローマ滅亡期の約二十年の間、イタリアにとって不幸なことは、ヴァンダル族による海からの襲撃であった。アフリカを拠点にしたヴァンダル族のガイセリック王は奸智に長け、残酷でもあり、西ローマ衰退の原因は彼との戦闘にあるといわれるほど攻撃的で、一旦占領すると略奪の限りを尽くすという厳しいものがあった。西ローマもこの襲撃を受け、ガイセリックの死という幸運により最後の危機を回避することができたものの、イタリア地域は財政の疲弊、貧窮と荒廃にさらされる状態で滅亡を迎えたのであった。ガイセリックは、西ローマ滅亡の次の年、西暦四七七年、ローマの最後を見届けるかのように息をひきとった。

西ローマの滅亡に関しては、多くの原因が語られている。その一つにまずローマの建設した巨大な道路網の存在を挙げるべきであろう。すべての道はローマに通じており、ローマが周辺の国々を攻撃し、支配するために優れた手段であることについて既に触れたが、この道路は占領地域との交易にも極めて有効であった。また、この道路網に接する地域における経済的刺激も無視するわけにはいかないが、同時にこれまで静寂を保っていた地方蛮族の目を覚ましたことも否定できない事実である。これら占領下の蛮族が物質的に満たされている間は友であるが、搾取が度を越えると敵になる。ローマの支配する最前線では時間とともに敵が増えだし、やがてこの敵が強大になった。また、自然条件に恵まれず貧困な蛮族は、暖かく豊かな地域を求め、この道路網に沿って南下を始めたのである。このような自然の流れを食い止めることは容易ではない。攻撃と占領地の拡大を意図して勢力を拡大してきたローマは、いつしか防御という立場に置かれ、戦線を縮小せざるを得なくなった。古今東西の歴史をみても、攻撃は最大の防御と言われるように、防衛することほど難しいことはない。防衛が主要な任務になるほどローマ軍は弱くなった。

ローマ帝国の財政の基本は農業に対する課税であったが、これだけでは元老院や貴族、軍人等の裕福な生活を説明することは不可能である。何故このような階層が発生したかについては、多くの識者により触れられているが、ここでは戦場での戦勝による莫大な収入のみにふれておく。戦場での収入の内容には賠償金、戦利金（品）、捕虜売却金、属州への課税、鉱山収入等がふくまれている。この大部分は国庫に納入されるが、司令官にしろ、兵士にしろ、もっとも魅力のあるのは戦利金（品）であり、これには占領地で強奪した金品が含まれ、しかも、現地での収入は現地で消費するのが建前であった。兵士が必死になって戦うのもこれが目的であり、勇気の源泉でもあった。しかし、戦勝に酔う間はそれでも良いが、防衛するときや退却するときは収入はないため、自ずと戦いに力が入らず逃げるが勝ちとなり、このことが繰り返されるとローマの勢力範囲は縮小する。特に、ローマ滅亡の直前のガイセリックの攻撃は船によるものであって、海岸線を守ることはローマにとって開国以来の難事で、防衛の手段を見失うことが多かった。

戦争が始まると、街道沿いの町々は敵であれ味方であれ、軍隊が通過し占領される。そのたびに住居は焼かれ、財産は略奪され、捕虜として捕らえられるので、庶民はたまったものではない。西ローマの末期には街道筋の町は大いに衰退し、ローマでさえ一時は人口が大きく減少したこともあった。しかも、皇帝が次々に交代し、政治らしい政治が行われないとすれば、庶民にとって明日の生活への期待などもてるはずはなかった。それでも西ローマの滅亡を最も喜んだのは、ささやかな変化を期待していた庶民かもしれない。これ以上悪くはならないという予感と平和への願いがあったからである。

＊　＊　＊

ローマ市に対するヴァンダル族の西暦四五五年の略奪は、教皇レオの頑固ともいえる交渉により比較的軽くすむことができた。話し合いの結果、殺人や凌辱、放火等は禁じられ、ローマの破壊はかなり狭い範囲に限定されたためか、市民の生活はまもなく常態に戻り、この略奪を契機に教皇に対する信頼は高まり、キリスト教に対する信仰はこれまでにくらべ強固なものとなった。ローマには行政的中枢は置かれていなかったものの、教皇権が強まりヨーロッパ全体に対しての決定権を回復する兆しが見え始めた。キリスト教会は一応財政的にも安定し、古い建造物は徐々に修復し拡張され、同時に新しい修道院、霊廟、礼拝堂等が城内、城外で建造され始め、ローマへの巡礼者が乱世とはいえ増加し、町はやや賑やかさを取り戻した。これら外来者の求めに応じて、宿屋、居酒屋や商店等が立地、競技場や市場は群衆で溢れ、次第に裕福な人々の邸宅もローマに集まるようになった。このようなローマの宗教に基づく賑わいは、皇帝が廃止されてオドアケルがイタリアの統治者になった後もほとんど変わることはなく持続し、ローマは宗教都市に脱皮しつつあった。しかし、オドアケルが西ローマ帝国の滅亡後その統治者になったことに対し、五〇〇年のローマの歴史を経験した市民は不安な気持ちを抱いていた。統治者が誰であろうと、それに従わざるを得ないことを充分理解しているはずのローマ人であったが、王からの指示はほとんど見られないという状態で、新しい方針が打ち出されたのは、王が就位して七年目のことであった。王は戦争には馴れていたものの、統治者の地位に就くような能力がなかったのではないかという市民の噂は、真実のようであった。王自身、過去の行政を理解するだけで精一杯であり、新しい方針を打ち出すような余裕はなかったのである。新しい指示は、過去の制度の再確認程度であり、まず第一に西ローマ帝国の執政官制を復活したのである。そして歴代のローマ皇帝が発布した諸法律を厳しく実施し、内政は民政総督やその下僚により行うことであった。第二は、彼自身宗教には異端とされるアリウス派のもとで教育を受けたが、これまでのカトリックの修道士や司教の地位は尊重し、できるだけ問題の発生を防ぐよう努力したことである。このことによりカトリック教徒は静穏で反発は起こらなかった。同時に、アリウス派キリスト教徒とのバランスをとるため、ラヴェンナにおいて、これまでなかったアリウス派教徒のための教会堂の建設に着手した。サンタポリナーレ・ヌォヴォ教会堂がそれで、この教会は皮肉にもオドアケルが王位を追われた西暦四九三年に起工し、約三十年を要して完成し、次の王位を継いだテオドリック王によりイエス・キリストに奉献された。

このような彼の慎重で消極的な行政は、その背後に蛮族の連合軍という非協力的集団の存在があったためかもしれないが、ローマやラヴェンナ等ごく一部の都市を除き、王国全体は貧困と荒廃を継続し、とくに農業生産の衰退は著しかった。アフリカやエジプトからの輸入穀類は相変わらず途絶えがちであり、戦争と飢饉、疫病の発生等回復困難な障害により国土は荒廃、人口は減少するとともに一部の農民は都市に流出し、都市部に雇用を求めるようになった。本来ローマ都市の経済的繁栄は、農業課税が国家の収入となって維持されてきたのであって、これら収入が軍隊の人件費になり、また公務員の給与になり、道路や公共事業費に使用されていた。農業からの農民の離脱は税収の減少につながり、やがて都市の経済的疲弊をも生み出すことになった。ボローニャ、ビアチェンツアの町がそれであり、その衰退を回復する手段は容易に見いだせず、民族的団結や伝統的権限を持たない王政は解体の方向にむかい、十四年の治世ののちオドアケルは東ゴート族のテオドリック王にその地位を譲ることになった。

Ⅲ　首都ラヴェンナの再生

ローマ帝国の歴史を辿ってみると、きら星の如く並ぶ皇帝のなかに、大帝と称される帝がみられるが、その数は意外に少なく僅か数人に過ぎない。この大帝という呼称が、皇帝の在位中から用いられていたのか、あるいは後世の歴史家が用いたのかは明らかでない。在位中過酷な課税をかけ庶民を苦しめる一方で、その税金を軍事力に注ぎ、周辺の領土を拡大し、帝国の発展に寄与したとして大帝の呼称を授けたのは、恐らく後世の歴史家に違いない。そして、彼ら大帝達は在位中多くの業績をあげ、皇帝の地位に到達するまで若い時代から貧困に耐え、立身出世に努力を払い、優れた感受性により直面する現実経験を通じ自己の素質を豊かに開花させ、未来に対しての洞察力を培っているように思われる。そして、戦争に対しては自らの力か、ときには有能な部下の力により、運も手伝ってか領土の拡大を図った実行力ある人物であった。このような大帝は何もローマ帝国に限るものでなく、一般の英雄や君主にも共通している素質であって、歴史学者が蛮族としてやや差別的に取り扱っている種族の王のなかにも、このような人物を見出すことができる。オドアケルの後を継ぎ、イタリアを統治した東ゴート族のテオドリック王は、まさに大帝以上の大王であった。

テオドリックは、かつて西ローマを悩ましたフン族アッティラ王の血をひいており、ラヴェンナの近くで西暦四五四年に生まれている。この頃から東ゴート族は独立を回復しつつあったが、彼の父は王子テオドリックを八歳のとき、東ローマのレオ帝との同盟に基づいて人質としてコンスタンティノープルに差し出した。この人質は、レオ帝のもとで愛情をもって教育を受け、また大事に扱われていたが、それはこの少年の将来を見越したためのものであり、ゴート族を東ローマの味方につけること、そして、できれば東ゴート族を支配することが賢明であるという判断であった。十八歳になり彼は皇帝のもとを離れ帰国を認められたが、帰国後は早速兵をひきつれ、戦雲を求めて果敢に行動し、無敵東ゴートの名を欲しいままにし、父王の病死とともに王位に就くことになった。

一方東ローマではレオ帝死亡の後、若き正帝レオ二世が引き継いだものの、この帝も早世しゼノン帝が就位することになった。ゼノン帝は、戦争に関しては滅法強運なテオドリックに対し、イタリアがオドアケル統治のもとで混乱していることを理由に、攻撃し救済することを命じた。彼は早速トラキアを攻略した後、イタリアに出陣したが、このときゼノン帝は、テオドリックを利用してイタリアをあわよくば手に入れることを考えていたし、一方、テオドリックは勝利することによりイタリアの統治者になるつもりでいたという。テオドリックの攻撃を受けたオドアケルはラヴェンナで防戦し、三年近くの包囲に耐えたが、食料の欠乏や元老院、市民の支持を失い、ラヴェンナの司教の斡旋により平和条約を締結するに至った。そして、この締結を祝う祝賀会の席上オドアケルは刺殺され、しばらくして傭兵もすべて殺害されたという。やがてテオドリックは東ローマの極めて消極的同意のもと王位就任を宣言したが、彼こそ大帝にふさわしい王であり、その後の治世三十三年にわたる功績は高く評価されている。

テオドリックがイタリアを攻略したとき、これまで侵略した蛮族と最も異なっていた点は、引き連れた兵士約二〇万人とその家族が一団となってイタリアへ移動したことである。そして、これら兵士は全土にわたり計画的に分散されたのである。当時農村部では離農者が多く休閑地も多かったので、イタリア全土の三分の一を部下の兵士らに与えたのである。土地の分配に対しては先住のローマ人に不満の種を残したが、富を略奪され奴隷として捕らえられる過去の戦争の被害に比べると、農業の維持、住民の生活の平和と安定にとって、極めて有効な手段であった。貴族と庶民の区別は従来と同じであったが、すべての自由民（農民）の土地に対する課税は免除され、課税は国の法律にのみ従うという、極めて異例で明快な統治が行われた。この法律が施行されると農民の所得は向上し、やがてイタリア人は勤勉に働き出し、一方、ゴート族は農業に精をだすと同時に、国民の保護と国の防衛に当たり、国土の三分の一の封土からの収穫のすべてが軍人の俸給と認められた。そして、ゴート族は一旦危急のときは直ちに軍事行動に参加するというシステムが造られ、軍人の訓練は農耕の時間以外に絶えず行われ、庶民には危害を加えることなく法律を守り、市民社会の義務を果たすこと等が上層部から指示された。秩序ある軍人の訓練は、やがて隣人であるイタリア人にも浸透し、日常生活においても意識においても、隣人の理解を得るようになり、この共存の意識のもと国民皆兵的な雰囲気が醸成され出したのである。また、最初の頃の軍人に対する土地の分割に対しての反対も、彼らの真面目な営農をみるにつけイタリア人の刺激になり、国土全体が総就業という様相を示し始めることになった。このような占領政策に対し最初恐怖感を持っていたローマ人も、やがて敬愛の念を持ちながら相互に融和的交流が見られるようになり、平和のもと生産も大いに上がることになった。テオドリックの善政は周辺の国々にも伝わり、平和を求める蛮族達も友好を求めてラヴェンナを訪れるようになった。しかし、時には東ローマのアナスタシウス帝のように、尊大ぶってテオドリック王を自分の部下であると思い、その成功を嫉妬して彼を裏切り者と思い込むような事態も発生した。たまたま王が縁戚の一人に保護を加えたことに言いがかりをつけ東ローマ軍を動員したが、アナスタシウス帝の軍隊は逆に徹底的に叩かれ、壊滅状態に追い込まれ撤退することもあった。テオドリック王による東ゴートの主権の範囲は、南はシチリア、北はドナウ、東はベオグラード、西は大西洋に及ぶことになった。それでもこの蛮族王は、皇帝の名称や紫衣、帝冠を受け入れようとはしなかった。

当時のラヴェンナは、かつての女帝ガッラ・プラキディアの頃の宮廷と同じ体制で行政が進められており、民政総督、ローマ長官、財務官、官房長官や収入役等の高級官僚が職務にあたり、これ以外に七人の執政官待遇、三人の県令、五人の総督が司法及び歳入の副次的な業務に当たっていた。また、国内の行政職はイタリア人に限られており、ローマ人の衣装、言語、法律、習慣を始め、個人の自由は固く守られていた。この風習はラヴェンナの町だけでなく、ローマの町においても共通しており、ローマでは秩序は維持され、物資にも恵まれ、公共の施設も利用され娯楽も享受された。ローマの町のなかでは青銅製や大理石の彫像が、本物の住民の数とほとんど同数であると言われたほど設置され、四、〇〇〇近くの像が町のなかに立てられていたという。治世七年目にテオドリック王はローマを訪問したが、大いに歓迎され、彼はローマの街路や広場に置かれたこれら彫像の保存に一層の熱意を示し、西暦五〇八年の地震で被害を受けたコロセウムの修理を命じ、パラティヌスの丘の諸宮殿の修復も行った。

王が定住の地として選んだラヴェンナにおいても、これまでイタリア人により受け継がれてきた音楽や音楽家、日時計や水時計、ガラス工芸等に関心を示し、その発展に力を注ぐようになった。彼自身ラヴェンナで果樹園を開き自ら耕作を楽しんだが、町においても教会、宮殿や離宮、水道や浴場等の公共施設を設け、豊かになりはじめた町の収入を、働く場所だけでなく贅沢とも思える諸施設に投入し、多くの階層の人達が生活を楽しむようになった。古くから皇帝の保養地でもあったナポリ湾での別荘地や、アドリア海を挟んだ対岸イストラの町の大平原の開発に対しては、海上を結ぶ航路が開設され、ラヴェンナの宮殿と連絡した。また、風光に恵まれたコモ湖を取り巻く別荘地の建設と同時に、周辺の緩やかな斜面にはオリーブ、ブドウ等が植林され、農業も蘇り所得も増加したが、思い切った地方の農業開発とともに休養のための開発も同時に進められた。そして、国内の産業が豊かになると、外国との貿易も開かれ、やがてラヴェンナの活気は外国の商人達の目を惹くようになり、海・陸の物流はこれまで以上に拡大し、町も賑やかになった。

ラヴェンナの当時の宮殿は、テオドリックの時代に竣工したサンタポリナーレ・ヌォヴォ教会堂のモザイク画に描かれているが、それはクラッセ港の風景のモザイク画とともに現存しており、テオドリック宮殿と呼ばれていた。モザイク画に描かれた宮殿正面は四本の柱で構成した切り妻で構成され、正面入口に隣接して両側に小さな柱で支えられた柱廊があり、柱廊の二階部分に赤い屋根のついた建物が描かれている。柱頭はアーチでつながれており、アーチの部分に装飾が見られるが、そこには柱ごとに両手を拡げた兵士が綱をもって立っている。この綱は警護を意味しているものと考えられるが、正面の門と塀の上の建物の屋根の奥の方にドーム状の屋根が見える。それは多分宮廷内の重要な施設を表現しているようである。この宮殿を中心に町が造られていたが、サンタポリナーレ・ヌォヴォ教会堂はこの宮殿に隣接していた。この教会堂はアリウス派の教会であり、前のオドアケル王の末期に起工され、同じアリウス派のテオドリック王に引き継がれたものである。当時アリウス派は異端として扱われ、また、蛮族を含みこの派に属している人は多かったが、どちらの派に属するかというような議論をするのは宗教家か政治家か熱心な信者だけであって、庶民の間で議論に関心をもつ人はほとんどいなかった。しかし、王はこの建設にあたっても、カトリック教徒との間に対立が発生しないよう慎重に行動した。

宮廷内での行政の体制には大きな変動は見られなかったが、初代ガルスにより作られたモザイク・ガラスの集団はそのまま引き継がれ、テオドリック王の時代には彼の孫に当たる三代目の同名ガルスがその責任を負っていた。西ローマが滅亡に瀕していた時代、彼らのグループは単に仕事だけでなく生活まで脅かされていた。政権が代わりオドアケルの統治になっても、平静さは取り戻したものの状況の変化はあまり見られなかった。オドアケルを経てテオドリックの時代になり、行政担当者もやっとその目標を見いだし、その実現に努力することができるようになり、モザイクのグループも以前と同じように、技術や芸術の問題だけでなく、公共施設、教会、居住等を含み、生活と芸術に関しての議論が活発に行われるようになり、やがて具体的な方向を提案するようになった。

初代ガルスは議論好きで、グループの議論を通じて実践的な方向を見いだすのが彼の特徴でもあった。彼はこの議論のなかで、若い時代に属州の首都アンティオキアを訪問したときの話をよく取り上げていた。その話の内容については、彼らグループの間でたびたび俎上に上り、内容については言い伝えのように受け継がれていた。彼らは、アンティオキアの町において公共施設から貴族や軍人の家、さらに一般の住宅まで床にモザイクが敷きつめられているという話、住宅の居間の壁のモザイク画、道路のプールの床の舗装の話等は、理想であって実現には程遠いものと考えていたが、活気を取り戻したラヴェンナにおいて、今こそ可能ではないかという議論に興奮した。とくに遷都以来、宮殿以外宮廷のほとんどの施設は煉瓦造りであり、建設当初基礎に対する配慮に欠けていたため、壁は部分的に沈下し亀裂が生じ、また、道路や水路も凹凸が発生し、すべての面で老朽化が著しくなりつつあった。さらに、古い町のなかには昔のままの狭い道路がそのまま残され、人の通行にも障害になるような状態もしばしば見られた。このため町の部分的改修も行われたが、それだけでは町の将来にとって望ましくないという意見が大勢を占めるようになり、町の計画的再生が本格的に取り上げられるようになった。もちろんその対象はラヴェンナの町全体の計画であり、宮殿、教会、道路や広場、家屋、住宅等の計画を含むものであった。この議論は宮廷内にも拡がり、執政官の関心をひき、やがて王の耳にも達することになった。皇帝ホノリウスの時代ラヴェンナに首都が移転された西暦四〇二年以来、この小さな町が一〇〇年足らずの年月の後、やっと首都としての整備を進めることになったが、このことに対して反対する人はいなかった。この再生計画に対しては王も異存はなく、むしろ積極的であった。また、最近では属州だけでなく多くの周辺蛮族が、王に対し恭順の姿勢で接し始め、王による統治の範囲も拡大し、かつての西ローマ統治の時代に拮抗する状況になったことから、ラヴェンナの町を風格のある町に再生する多くの政策が打ち出されることになった。かつて女帝プラキディアがコンスタンティノープルに比肩しうる町の実現を夢想したこともあったが、テオドリック王はより現実的に町を整備し、質の高い町を造ることを目標にした。そして、その下敷きには三代目ガルス達の議論したアンティオキアの町があったが、アンティオキアの町の中心部が古代から計画的に造られたものであるのに対し、ラヴェンナは古い集落の町が無計画的に発展したという違いがあった。ラヴェンナは小さく古い町であるとともに、海に面した歴史を誇る港湾都市であり、地中海都市が丘陵につくられた例が多いなかでユニークな町で、この特性を生かすことが重要であった。しかし、後背地に石が採れるような山が見当たらないのも、その特性の一つであった。公共建造物である水道橋や劇場、競技場等を石で造るのがローマ時代の町の象徴であるとすれば、ラヴェンナはこの面では失格であった。市民の間で過去において競技場建設の要望が起こっても、簡単に実現できなかったのは、石材の入手が困難であったためである。先に触れた宮殿の正面や側面の柱廊の柱に石が用いられているのは、遠方でとれた固い質の斑岩等を取り寄せた結果である。後の中世時代に造られた多くのゴシックの聖堂は石で造られたものが多いが、それは寺院の近くで石が採れ、しかも採れた石を川の流れで輸送することが可能であったためであった——当時の道路の舗装では重い石の輸送には耐えられなかった。ラヴェンナはどうしても煉瓦に頼らざるを得なかったので、宮殿に石を用いたのは防衛のため堅固にする意味もあったが、富と支配を象徴するためのものでもあり、目をひく意図もあった。

まず再生の方針として、第一に宮殿を取り巻く町全体の計画が立案された。人や船の通行、それに広場等の利用を容易にするため、道路網の確保がとりあげられた。水路は毎年のように襲う洪水を避けるよう整備し、また、護岸を補強するため石を用いることにした。そして石の不足を解消するため、町のなかの水路を減らし、不要な古い水路部分は埋めて道路網の補強に当てることにした。また、道路の沈下を防ぐため、地盤を含み補強する方法が採用され、必要な部分は模様のついたモザイクタイルで舗装され、広場にはローマの町と同じように彫像が置かれた。

第二の方針は、宮殿やその周辺の整備計画であった。とくに宮殿に関しては詳細な計画が含まれており、これに基づき実現が図られた。即ち、宮殿の正門を通り抜けると、正面に謁見の間を見ることができる。謁見の間の前面には小さな正方形のプールが水をたたえており、プールの内側にはコバルト色のモザイクが貼りつめられ、それほど深くはないが真っ青な水に、白い大理石を基調にした建物が鮮明な影を落としていた。プールの周辺はよく磨かれた斑岩と赤い花崗岩の組み合わされた模様で舗装され、この敷石模様は正面の門を通り抜け、宮殿外の道路につながっていた。門を通過して馬車で舗装路を進むと謁見の間の正面玄関に到着することになった。一般の儀式以外に外国や属州の外交官達に対する王の謁見のための広間は、尊厳、荘重そして豪華・絢爛にまとめるため、多くの装飾が施されていた。床は固い斑岩、蛇紋岩と花崗岩の入り組んだややアラブ風の幾何学的模様で構成され、正面の壁は金色のモザイク・ガラスを背景に、ローマ帝国をかつて東西に二分したテオドシウス大帝とそれを取り巻く高官や元老院、貴族の姿が描かれていた。残りの三つの壁面には、戦士、農民、漁民等が中心に描かれ、当時の生活が巧みに表現されていた。また、円錐形のガラスのランプが壁面に取り付けられ、金色のモザイク・ガラスを背景に、光の織りなす複雑な模様を造りだした。この謁見の間とともに、王の居住部分、会議用諸室、元老院・貴族等の控室等が造り代えられたことは言うまでもない。以上が町の新しい計画の概要である。そして、宮殿に接して建てられたサンタポリナーレ・ヌォヴォの教会堂の建設も徐々に進行し、ラヴェンナの町は年を追うごとに見違えるほど新しくなり、活気に満ちていた。

ラヴェンナの町は宮殿や町の再生に大きなエネルギーが掛けられたが、その中にあって、モザイク・グループの活動は高く評価された。とくに宮殿の謁見の間の壁面については属州や外国にまでその風評が伝わり、多くの人々の来訪を見ることになった。宮殿の正面壁画は、西ローマが滅亡しその政権がゴート族に委譲されたにもかかわらず、東・西両ローマ帝国の生みの親であるテオドシウス大帝を中心に、当時の皇后フラキッラ、長男アルカディウス帝、次男ホノリウス帝等が正面に並んで描かれていた。これはローマ人すべてに共感を起こすものとして、また、イタリアの次の時代を暗示するものとして、多くの支持を得た。そして、この正面と向き合った背面側には軍人を中心に、その行進を表現し国の防衛に対しての決意が力強く表明されていた。さらに左右の両壁面には、農民と漁民が、その労働、家畜の飼育、収穫の喜びを示す祭り等を含み、働くことを通じての国民の生活が生き生きと表現されていた。謁見の間は、訪れる人々に国全体の明るい展望を肌で感じさせる雰囲気で満たされていた。これらの壁画のすべての題材はモザイク・グループの議論のなかから生み出されたもので、宮廷内からの反対もなく、修正されることなく実現されたものであった。そして、その内容についての説明は、単に構図を口で説明しただけのものでなく、実際に下絵に描いて了解をとったものであり、その裏ではグループ内で多くの苦労が払われていた。同じ金モザイクによる背景にしても、金のモザイク・ガラスだけで全体を埋めても平板的で効果は上がらず、ごく少量の幾つかの色を混ぜるほうがはるかに効果的であった。少量の色といってもどの色をどの程度まぜればよいのかは何度も実験を重ねなければならなかった。経験を積めばある程度の判断ができるが、時間がかかり忍耐を要する仕事であり、一般の人々の理解を越えた問題が含まれていた。困難な問題の一つは物の影を色でどのように表現するかということであった。意見は分かれ、実際に見本を作っても意見は統一されず、結局は四つの面に対しそれぞれ表現を変えることで実現したが、このような苦労に気がつく人はいないようであった。もう一つの問題は物と物、物と背景との間に用いる線の表現の方法であった。この線は衣服の場合は太めの線のほうが膨らみを表現できるし、また影を強調するときには太い線が望ましい、男性の顔には黒の線を用いて個性を生かしても、女性にはできるだけ黒を用いないほうが優雅であるというように、時と場合により表現が決められた。このように、人の気のつかない所で苦労しながら全体をまとめ、そのことに生き甲斐を感じていたのが、初代ガルス以来のグループの伝統であり、この伝統はサンタポリナーレ・ヌォヴォ教会堂にも受け継がれ、遺憾なく発揮された。

宮殿は豪華に造られていたため、隣接して建てられたサンタポリナーレ・ヌォヴォ教会堂はそれに釣り合うよう、清楚でありながらも壮麗な寺院として建設されつつあった。東ローマがユスティヌス帝――六十八歳で帝位に就いた皇帝で、アリウス派を弾圧することに力を注いだが、それ以外の業績はほとんど見られない――の時代となって、アリウス派に対する弾圧が一層厳しくなったという情報があったものの、テオドリック王はこれまでの方針を変えることなく、工事は続行された。王はもともとアリウス派の信者とはいえ、それほど熱狂的でもなく、また宗派による対立を軽蔑していたので、そのようなことと無関係に寺院はイエス・キリストに奉献された。（サンタポリナーレ・ヌォヴォの名称は、十一世紀の中頃、初代のラヴェンナの司教である聖アポリナリスの遺品をスラヴ族の海賊の襲撃から守るため、クラッセ港にある教会堂からラヴェンナに移したときに付けられた名称である。司教の遺骨はそのままクラッセにある教会堂に祭られている。）

教会堂の礼拝室は単純な立方体の空間で構成され、左右二列のコリント式装飾のついた列柱の上部の壁面は、三つの層に分けられており、絢爛《けんらん》たるモザイクタイルで覆われていた。最上層の窓のある列の部分は、分割したパネルごとにキリストに関する絵が描かれ、キリストの生涯が一連の絵巻物として表現されている。左の壁面の十三のパネルのモザイクの絵には、キリストの奇跡と寓話をモチーフにした挿話が描かれ、一方、右の壁面の同数のパネル画にはキリストの情熱と復活に関する挿話が具体化されている。そして、左の壁面の絵のなかで描かれているキリストは、若い時代の表現で髪は縮れており髯がなく、紫色の衣服の背後には宝石で飾られた十字架の後光が輝いている。これとは逆に右の壁面のキリストは若者でなく、顔は厳しく溢れんばかりの顎鬚をのばし威厳が示されていた。それぞれの絵にはモザイク・グループの工匠達の完璧ともいえる一連の構想が示されており、それぞれの彩色と登場する人物の姿態が豊かに表現されている。これらの壁画は、隣接する宮殿の謁見の間で試みられた表現をもとに、教会堂にふさわしいテーマを模索し、検討した結果生み出されたものであるが、単に宗教画としてだけでなく、時代を代表する絵画として最高の水準を示すものであった。

窓の付いた中層の壁面にはテオドリック王の時代の高位の政治家や尊厳あふれる司教、手に本を持った預言者等が金色のモザイク・ガラスを背景に描かれている。登場する人物の職業により持ち物が異なっているが、着衣や靴は同じ形式で描かれており、当時の上流階級の儀式の時の風習を偲ばせるものがある。また、教会堂の建設に当たり協力した代表的市民を壁画として残したことは極めて新しい発想であり、当時の教会がいかに市民の生活に溶け込んでいたかを示すものと考えられるが、このような壁画を見て、宗派の対立があったとは考え難いことである。そして、われわれの関心を最も惹くのが下層のモザイクの壁画である。下層には既に触れたように、城壁のあるクラッセ港とテオドリック宮殿のモザイク画が描かれていたが、この部分は当時のラヴェンナの代表的な場所として宮殿と港湾を選び、壁画として表現したものであろう。しかし、圧倒的に目を惹くのは有名な二十二人の処女の行列である。彼女達は聖母マリアに贈り物をする三人の賢者に先導され、高貴な衣服を身にまとい真珠や宝石を身に飾り、ヴェールした手に栄光の冠を持ちながら行進し、聖母マリアとその子キリストに向かって進むのである。足下は花で覆われ、背景には後光の差す椰《や》子《し》の木が描かれている。礼拝室全体のモザイク画のうち、この行列の部分だけが動的な表現になっているが、すべての静的な他の壁画の雰囲気を損なうことなく、むしろ空間を引き締めるとともに躍動的な印象を与える効果を演じている。そして、キリストに向かって進む行列が、あたかも現実に儀式を行っているかのように印象づけるのであった。そこには三人の賢者の帽子が、後になって小アジアのフリジア人の帽子に描きなおされたことへの批判もあるようであるが、問題にすべきことでもなかろう。

　これらすべてのモザイクは、ラヴェンナのモザイク・グループの作品であり、彼らにより実現された宮殿の謁見の間でのすべての経験が下敷きになっていた。そして、構成、構図、彩色、装飾の選択等は、すべて彼らの間で取り交わされた議論により進められた。寺院が西暦五二五年完成したとき、この寺院がアリウス派かどうかというような議論は全く起こらず、また、宗派にこだわることなく多くの市民が礼拝に訪れた。寺院が完成し奉献が行われた翌年にテオドリック王は病没したが、東ローマと宗教の面での対立を抱えながらも、この寺院の完成により、彼は心の底から喜びを感じたのである。そして、彼の遺言に基づき、カトリック派のためのサン・ヴィターレ教会堂の建設が、次の年に始まることになった。そして、サンタポリナーレ・ヌォヴォ教会堂は、後になり東ローマのユスティニアヌス大帝がラヴェンナを支配したとき、アンジェロ司教によりカトリック派の寺院として改めて奉献されたのである。宗派にこだわったのは、皇帝と僧侶等ごく一部の人達であり、市民は無関心であった。

サンタポリナーレ・ヌォヴォ教会堂と前後して、ラヴェンナに建てられた教会堂が幾つか残されているが、聖アガタ教会、大司教教会、スピリト・サント教会、アリウス派洗礼堂等がそれである。それらは、この時代に急激に信者が増え教会が造られたというよりも、本来信仰の篤い庶民の生活にゆとりができたことが大きな要因と考えられる。聖アガタ教会は完成した後たびたび再建されており、また、一六八八年の地震により大きな被害を受けたものの、その後も信者により維持されて現在に至っている。また、これ以外のスピリト・サント教会とアリウス派洗礼堂はともにアリウス派に属する教会で、テオドリック王生存の頃に建造されたものである。この両者は、後にカトリックに帰属しているが、当時のラヴェンナにおいては、案外アリウス派に属する信者が多かったように思われる。四つの教会堂のうち比較的当時の姿を留めているのがアリウス派洗礼堂であり、この建物は四つのニッチ（突き出し壁）のついた八角形の形をしている。八角形の上部はドーム状になって全体がモザイクタイルの絵により覆われており、ドームの頂部の円形部分はヨルダン川に浸かったキリストが、鳩に変身したスピリト・サントの清めの水を受けながら洗礼を受けている絵が描かれている。キリストの半身は川の流れに浸かっているが、水の流れの層の強弱により下半身と浮き出た上半身の色を変えるという表現法は、これまでにも、また、この時代以後のモザイク絵画にも見られないものである。頂部の円形を取り囲んで十二人の使徒の行列が、神の主権の象徴である十字架捧持者の座に向かって進んでいるが、玉座に置かれた素晴らしい紫のクッションの上の宝石で飾られた十字架で構成された絵は、現代の点描による絵画以上の水準を示しているように思われる。これらのモザイクによる表現は、サンタポリナーレ・ヌォヴォ寺院のための習作というようなものでなく、この小礼拝堂に対しモザイク・グループがいかに力を注いでいたかを示しているように思われる。

テオドリック王は自身アリウス派でありながら、キリスト教に対して極めて寛容であった。しかし、本来のイタリア人は富裕で孤立的なユダヤ人を嫌い、イタリアに住む多くのユダヤ人居留地に対し侮蔑し、略奪し、ときには彼らの教会堂に火を放つ事件さえ発生した。彼らは宗教が異なることによりユダヤ教徒と対立し、一方的にしかも集団で暴行を加えるため、犯人を捕らえることが困難であり、結局犯人の所属する集団に責任を負わせざるを得ず、そのつど処罰が行われた。このことがカトリック信者の不満を刺激し、暴動を引き起こす契機となった。この暴動を鎮めるためイタリア人の武器の所有を禁じたが、この取締りを当時カトリックしか認めていない東ローマ帝国に密告する者があらわれ、これを受けて日頃からテオドリック王の善政に嫉妬していた東ローマは、東ローマ国内のアリウス派教徒弾圧強化の法令を公布した。これが先にふれたユスティヌス帝のときであり、この公布令がカトリックに寛容なテオドリック王を刺激し、憤慨させることになった。この一方的な弾圧を撤回させるため、王はローマ教皇に依頼し、コンスタンティノープルにこの旨勧告させたが、拒否の回答しか得られなかった。テオドリック王は、東ローマは当然アリウス派に寛容であるべきと考えていただけに、対抗措置としてイタリアにおけるキリスト教の行事を禁じざるを得なかった。双方の頑迷とも言える対立はイタリア国内における内政問題に転移し、この対応の仕方がやがて王の失政につながり、やがて病を得た王はラヴェンナの宮殿で在位三十三年、イタリア征服後三十七年にしてこの世を去ることになった。そして、領土と財産が後継者である二人の孫に与えられることになったが、ローヌ川を境にして、アマラリック王子はスペインの王座に、イタリア側は十歳にも満たない王子アタラリックに遺贈された。さらに、テオドリックを記念する墓廟が彼の娘の手により西暦五三〇年ラヴェンナの中心から北東一・五キロメートルのところに完成した。建物の上層は直径三〇フィートの円形、下層は外法直径一五フィートの十角形で構成されており、建物はすべてアドリア海を挟む対岸のイストリア半島の白い石で構築された。上層のドーム天井は厚さ一メートルの単一の石材で、その重さは三〇〇トンに近いという。現在この建設地は周辺部とともに堆積した土砂で平坦な土地になっているが、この廟に近接してかつて灯台が建設されたこともあり、海に近接して建てられていたと思われる。このため対岸からの石の輸送と陸地での建設は、その重量のため極めて困難であったに違いない。現在ブランカレオーネの砦の近くにあるこの墓所は未完成で粗末に見えるが、テオドリック王の命により、質素に造られたと言われている。建物はその重さのためか、やや東に傾いているようにみえる。墓廟は小礼拝堂として用いられた時代もあったが、肝心の王の石棺は現在国立博物館に収蔵されており、斑岩による浴槽型の大きな石棺が残されている。

テオドリック王は晩年になり、東ローマの嫉妬ともとれる宗教的妨害を受け対立のまま一生を終えたが、彼の在世中になし遂げた業績は偉大であった。とくに農業を中心とした開発計画とその背景となったイタリア全土での農業構造の変革は、過去のローマ帝国の歴代皇帝には見られない成果を収めたものと評価されよう。そして、農民の生活の向上はもとより、安定した農村社会の実現を通じ、その自立的意識の確立の方向は次の時代に受け継がれたのである。

テオドリック王が亡くなった後、ラヴェンナ政府と東ローマとの関係に徐々に変化が現れ始めたと言える。アリウス派を徹底的に弾圧する法令を実現した以外、これという実績のなかったユスティヌス帝が退位した東ローマで、次に登場したのはユスティニアヌス大帝であった。西暦五二七年四十五歳で皇位に就いたユスティニアヌスは三十八年間在位し多くの功績を残しているが、もともとは農夫の出であり、その後は職業軍人として近衛兵に取り立てられ、その才能を認められ執政官となり、元老院議員の支持を得て最終的に皇帝として承認された人物であった。在位中彼が行った功績のうち最も代表的な例を挙げると、「旧ローマ帝国の領土を取り戻す」ことを念願してベリサリウス将軍等を総司令官として、北アフリカのヴァンダル族を滅亡に追い込み、イタリアから東ゴート族を、スペイン南部から西ゴート族を追い出したことである。この二十一年間の長期にわたる戦闘の継続は巨大な出費となり、国民に多大の負担を負わすことになったことは言うまでもない。西方におけるこれらの侵略は一旦成功を収め、統一を果たしたかのように思えたが、展望を持たないこの支配は、後継者の時代には崩れイタリア地域はラヴェンナやローマ等の教皇領を除きランゴバルト族の手に落ち、北アフリカ最大の町アレクサンドリアもイスラムの軍門に下ることになったのである。東・西両ローマに分割統治する以前の旧ローマ帝国へ復帰するという旗印はあっけなくついえ去り、かつてローマ帝国が領土肥大と統治不能のためテオドシウス大帝のもと帝国を東西に分けた西暦三九五年の歴史に逆行した行動は、まさに愚挙と言われても仕方のないことであった。彼が西方に力を入れつつあった頃、東方ではペルシャの侵攻が始まり、この侵出を抑えるのが精一杯の状況であったとはいうものの、彼の統治下には六四の属州、九三五の都市が含まれ、アドリア海、エジプト、ペルシャ、エチオピアがその勢力圏となっていた。ラヴェンナも後に触れるように、その中に取り込まれることになった。

ユスティニアヌス大帝は、侵略するため出費が増大するのは当然であるので、それを国庫の収入である農民や都市住民に対しての重税だけでは賄うべきではないことを心得ていたようである。そして、国民の負担を軽くするため、産業の振興を図ることに力を入れることにした。まず、新規に貿易ルートを開発するため、東方との「絹の道」による絹の貿易を始めることにした。最初の頃は莫大な利益を生み出したこの交易も、やがてペルシャの侵攻によりシルクロードは断ち切られ、海路による貿易に変更せざるを得なかった。しかし、ここでもペルシャ商人の独占によりこの構想は失敗に終わることになったが、蚕の輸入という新たな発想は、繭の大増産と絹の供給を急増させ、高価な絹が市民のものとして普及するようになった。養蚕が始められ絹の生産とともに織機や糸巻車の開発も進められたが、これらによる莫大な利潤は限られた人々の収入にのみ限定された。そして、農民に対しての減税は全く忘れ去られ、これまでの重税が継続したため富の偏在が極端になり、一方では富裕階級や王室での蓄財と浪費が目立つようになった。更に、増大する戦費を賄うため増税の対象が休耕地やその所有者への課税、異教信仰の罪や反逆に対しての財産の没収等にむけられ、税制は一層厳密でしかも厳格になり、やがてこの収入増のほとんどが戦争につぎ込まれることになったので、国民の不満が増大するのはやむを得なかった。西暦五三二年、この不満はコンスタンティノープルで起こったニカの乱で暴動として噴出することとなった。

当時、重税に苦しむ庶民にとって最大の楽しみは、大競技場で開催される馬車競技の観戦で、すべての人達が応援するチームの勝敗に興奮し、競技場に皇帝も出席し特別観覧席から挨拶が行われることもあったという。ニカの乱の起こった頃は、この応援団が青組、緑組に分かれスポーツの場が政治的集会の場となることが多く、この場で皇帝と観衆との間で相互の応酬が行われることもたびたび起こっていた。観衆も手持ちの袋に投石をひそめており、気にいらない結果が出るとこの石を投げ合うこともあった。当日も投獄された仲間の釈放を皇帝に嘆願したが聞き入れられないため、この腹いせに投石が始まり、競技終了後暴徒は一団となって市中に流れだした。日頃の鬱憤もあり「ニカ、勝利」を叫ぶ群衆は次第に膨れ上がり、町に火をつけ聖ソフィア寺院、大浴場、宮殿等都心だけでなく、病院や多くの教会等が焼き尽くされ、途方もない巨額の金銀や財宝等が焼失した。この群衆の反乱により退位を迫られた皇帝は、一旦首都を脱出し亡命を考えたが、この危機を救ったのはかつて道化役者として育ち、美人の娼婦でもあった皇后テオドラであった。逃亡することは恥であるとする彼女の発言は皇帝を勇気づけ、大競技場に集結していた反皇帝派の群衆三万人は、将軍ベリサリウス等の率いる精鋭の軍隊により無差別に虐殺されることになった。同時に反皇帝派の貴族、元老院や執政官も殺害され、家屋敷、財産はすべて没収されたが、その後も青派、緑派の対立は収まることはなかった。

聖ソフィア寺院の最初期の教会は、コンスタンティン大帝の時期に建設にかかり、息子のコンスタンティウス帝が統治した時代に完成して西暦三六〇年に奉献された。この教会は大司教ジョン・クリスォストムが追放されたことに対し、市民が抗議して引き起こした暴動により、西暦四〇四年に焼失した。次いで四一五年に第二回目の新教会が完成し五三二年のニカの騒乱で焼失するまで約一〇〇年、首都の総本山としての役割を果たしたが、この間ガッラ・プラキディアもこの教会を訪れたことについては既にふれている。ニカの騒乱の直後、大帝は国の象徴でもある新たな教会の建設を命じ、短期間ではあるが全力をあげ西暦五三五年に完成した。これが現存するハギア・ソフィア教会である。寺院はこれまでのような矩形の箱型でなく、円形で収容力のある新しい形であること、屋根はローマにあるパンテオン以上のドームを実現することを目標に、小アジアのトラレス出身の建築家アンテミオスとミレトス出身の建築家イシドルスにより完成した。床から五六メートルの上に東西に直径三一メートル、南北三三メートルのドームが置かれており、その壮大な空間は巨大な石灰岩の柱で支えられていた。ドームの天井はその重量を軽減するためロードス島の軽い煉瓦を用い、地震の被害を減らすため合理的な構造になっていた。一、〇〇〇人の棟梁と一万人に及ぶ労働者が建設に従事し、建設のための材料は東ローマ全領域から集められたが、古代の神殿等からも収奪されたと言われている。ドームと一体になったこの広大な空間は無限の広がりを感じさせ、当時の石造り技術の水準の高さだけでなく、「ソロモンよ、我は汝に勝てり」と大帝に言わせるほどの完成度を示していた。ドームの下の部分は、小アジア、ギリシャ、エジプト、アフリカ、ガリア等の地域で採れた模様のついた大理石、斑岩等で仕上げられた。装飾や人物像等もモザイクによる多様な色彩で描かれ、聖歌隊の手摺や円柱の柱頭、扉等の装飾は金箔で飾られていたが、とくにモザイク画の装飾は多様な人物や模様で描かれていたと言われている。恐らく帝は、モザイク画としてはラヴェンナに匹敵、あるいはそれ以上のものを期待し、その実現を厳命したものと思われる。新聖堂建設の時期は、ちょうど東ゴートとの戦いの最中であり、少なくともラヴェンナ政府がモザイク画に対し支援したという記録は見られないし、また、ハギア・ソフィア寺院のモザイク画が残っていないため、作品の芸術的水準を比較することはできない。また、当時ラヴェンナにおいて建設中であり、西暦五二一年から約二十年かけて竣工した、サン・ヴィターレやサンタポリナーレ・イン・クラッセの両寺院のモザイクに刺激を与えたものとも思われない。

現在聖ソフィア寺院で見ることができるモザイク画は、偶像崇拝禁止令により本来のモザイク画が取り外された西暦七二六年から八四三年の間以後に、モザイク・パネルとして奉献されたもので、宗教的、装飾的型から外れていると言われているが、このパネルが出現した経緯に関する記述は残されていない。また、このモザイク画はオスマントルコのスレイマン一世（一五二〇―六六）の時代に塗りつぶされたまま一九三二年まで放置され、その後漆喰が剝がされ、久しぶりに日の目を見たものである。

東ゴートのテオドリック王亡き後、ラヴェンナ政権を倒し東ローマの支配下に統治するため、ユスティニアヌス大帝はそのきっかけを作ることに苦労していた。アリウス派についての宗教上の対立問題を表面に持ち出し、両国の間で戦闘を交えるというにはやや無理があること、また、両国の間に執政官を相互に派遣しあっていただけに、秘密にすべき情報もほとんどが漏れるという状況にあって、兵を動かすことは簡単ではなかった。テオドリック王の娘アマラスンタは美貌と男勝りの気質をそなえ、高い教養と流暢な外国語により尊敬され、女性が帝位を継承できないという法律さえなければ、最も望ましい王であったと言われていた。彼女は息子アタラリックに期待をよせ、幼少の時から皇太子の教育を厳格にほどこしたが、逆にこの束縛が裏目に出て十六歳で亡くなるまで、酒と女と野卑な競技に溺れたという。せっかく息子を利用して後見人の立場でイタリア統治を夢見ていた野望はあっけなく消え去ったので、次の手段として、彼女の従兄弟にあたるテオダトウスと王位を分け合うこと、そして最高権力を自己の手中に治める計画をたてることにしたが、テオダトウス自身は国民からそれほど尊敬されておらず、また、彼女から軽蔑されていることを自身気づいていたので、その対応は極めて慎重であった。そして、王位に就いたのち彼女に支配されることを避けるため、ボルセナ湖に幽閉し入浴中の彼女を絞殺させた。ユスティニアヌス帝はこの内紛につけこみ、言いがかりをつけて東ゴートに対し補償を要求するとともに、トスカナ属州の売却を迫ることにした。そして、彼女の死を知りながら、彼女の生命の保証と自由の確保を強硬に要求した。これらの条件は王にとって呑むことのできない条件であり、許しがたき内政干渉でもあったので拒否することにしたが、これを契機として東ローマの侵略が開始された。

東ゴートを攻撃する前に、ユスティニアヌス大帝は既にアフリカを支配していたヴァンダル族と戦い、西暦五三四年にグリメル王を捕虜としてとらえており、この時点でヴァンダル王国は実質的に消滅することになった。この戦闘で最も活躍したのがベリサリウス将軍であり、アフリカ平定後は引き続きイタリアを攻撃することになった。彼の引き連れる軍隊は、まずシチリアを攻略することから始まった。ゴート軍はこの島の防衛を島民のみに委ねていたので、島民は為す術もなく東ローマに恭順の意を表することになったが、この後東ローマとゴート族との間で約十年間にわたりイタリア半島で戦闘が継続した。イタリアでは西ローマを懐かしがる住民の中には東ローマの軍隊が異民族で構成されているにもかかわらず東ローマを支援する地域や、農村でゴート族兵士と共に生活し税金も少なく安定した生活を送っていたイタリア人でゴートに好感を抱く地域等があり、その地域や都市も入り交り対応もまちまちであった。南部や大きな都市では比較的前者が多く、北部には後者が見られ、また、攻める東ローマの軍隊も、かつてのローマ帝国のなかで同族と戦うという気持ちもあってか、両軍の戦闘に迫力の欠ける面も多かった。

＊　＊　＊

テオドリック大王亡き後、孫のアタラリックが後継者となったが、その後を受け継いだテオダトウス王が東ローマ軍と対決することになった。そして、東ローマ軍の攻撃を受けたテオダトウス王はローマに身を隠したまま兵を動かすこともなく、臆病で王位にふさわしくないという風評が立ち、難局を克服するため新たな王の誕生が熱望され、武勇の名を輝かしつつあった司令官ウィティゲスを軍の総意のもと国王に選ぶことにした。無能な廃王は虐殺されることになったが、新王はラヴェンナに戻り王位継承のため国家会議に臨み、国王の賛同を得たが、就位当時のローマの町は既に東ローマ軍ベリサリウス将軍の支配下にあり、ローマへの攻撃は年を越して翌春から始められた。当時ローマは、ナポリを占領したばかりのベリサリウス将軍がゴート軍を破り、開放したローマの鍵をユスティニアヌス大帝に贈ったばかりであった。ローマはキリスト教徒が多く、しかも異端のアリウス派信者が少なかったのでゴート軍に対して非協力的で、市民の大多数は反ゴート軍として積極的に防衛に参加したと言われる。ゴート軍の激しい攻撃のため、戦闘は熾烈を極めたが、全線にわたり撃退され、戦死者三万人、負傷者三万人を数えたという。この敗戦の後ウィティゲス王は戦線を後退させローマ郊外に陣を敷いたが、飢餓と疫病に悩まされ、重なる被害に退却せざるを得ずラヴェンナに向け敗走することになった。退却の途中においても東ローマ軍の攻撃を受けたというほどその攻撃は激しかったが、ベリサリウス自身はラヴェンナ郊外に達したとき、町のなかにはイタリア全土に分散していたゴート族の兵士数万人が集結中であるという情報を入手したため、長年の戦争経験に基づき彼はこの町は武器よりも兵糧攻めによるべきだと直感していた。そして、海岸線や陸地及びポー川から町へ流れる水路を常時監視し、飲料水を遮断することと、都市内に貯蔵されている食糧を焼き打ちすることを目標として作戦をたてた。この計画が着実に進行している段階で、「ポー川の南部の土地はローマへ、以北は東ゴートへ分割する」という講和条約が大帝の署名入りでコンスタンティノープルから届けられ、ベリサリウスを驚嘆させたが、防衛していたウィティゲス王が喜んで承認したことは言うまでもない。恐らく大帝は東ゴート軍のこれまでの戦闘においての激しい抵抗、さらにラヴェンナの町では防衛のため大軍が集結していることを知っていたらしく、急遽和平に踏み切ったのであろう。戦争を嫌うローマ軍の指揮官達のなかでベリサリウスを除き反対するものは一人もいなかったという。条約締結の結果ラヴェンナは無血で開城されたが、東ローマは混乱を避けるため、敗戦を予想し脱出を計画していたウィティゲス王を宮殿に監視し、講和の条件を守るとすれば当然ラヴェンナ政府はポー川以北に移転すべきであった。しかし、東ゴート族の軍隊をローマ軍の衛兵として服務させ、町はローマ軍が常駐した。屈辱的講和であったが、西暦五四〇年ラヴェンナの町に平和は蘇ったのである。しかし、その平和は首都だけであった。

東ローマとゴート両軍の戦闘はラヴェンナだけでなく、イタリア領域全体に拡大していた。そして、締結された平和条約がその効果を発揮したのはラヴェンナ地域に限定されたものであり、ローマの町を含む多くの地域では戦闘はそのまま継続していたのである。ゴートを支持する町、反対する町が全土に分散し、これを統御できる力をもった政府がなかったためであるが、このような混乱状態は平和条約締結をはさみ十数年続くことになった。両軍の間で、場所を変えながら激しい戦闘が展開されるが、そのなかで特に傑出した将軍を挙げるとすれば、東ローマはベリサリウスであり、ゴート軍はトティラであった。トティラはテオダトウス王の後継者ウィティゲスの甥にあたり、イタリア王国再興のため全力を尽くすことを誓い、東ローマに脅威を与えた典型的武将であった。ギボンの『ローマ帝国衰亡史』によると、フィレンツェのムジェロ丘陵でトティラの軍隊と遭遇した二万の東ローマ軍は、祖国を奪回しようとするゴート軍に対し、規律さえ守れない傭兵で構成された軍隊のためか、闘わずして武器を捨て、風のように四散したと書かれている。ギボンは歴史書のなかでこのような一方的な戦闘の表現は稀であり、不自然ささえ感ぜられると記述している。西ローマが滅亡する頃までの戦闘は、攻撃軍の侵略が始まるとまず街道筋の農民たちは持てるだけの財産を持ち出し、敵の現れない僻地に避難するのが一般的であった。しかし、今回の侵略でローマ軍は戦闘のなかで農民による強い抵抗、それも統制のとれた軍隊に匹敵するような組織力を肌で感じたようである。亡きテオドリック王の行った政策の農・兵共生の生活については先にふれたが、農民は国に対する僅かな税金を払う以外、収入は増大し土地への愛着も極めて強く、また、軍人たちの生活を真似た子供のころからの戦争ごっこは身についたものとなり、これらが地域を防衛することに直接つながっていたのであろう。トティラはこのテオドリック王の政策を地域住民に絶えず繰り返し説明し、多くの農民の支持を得ることに成功したが、ゴート軍が支配する地域での農民を交えた軍隊は実に強力であった。統制のとれない東ローマ軍が、攻める手段を失ったのも無理はない。このような農・兵共生の組織は北イタリアの町ピーサ、ミラノ等多くの小地域で展開されたが、これらは次の時代のコムーネ、自治都市につながる母体とも考えられ、周辺の農村を含む都市国家の発生に大きな影響を与えた。

　ナポリは西暦五三六年シチリアからイタリア半島の先端に上陸した東ローマのベリサリウスの軍隊により海陸から包囲された。ベリサリウスは包囲下の市民の代表達を引見したが、その交渉の席上で市民代表は「ナポリのような小さな町を征服する前に、ローマ軍はゴート王との会戦で勝利した後、イタリア全域を支配すべきであろう」と臆面もなく申し出ている。町を包囲している敵の面前で、堂々としたこのような発言が罷り通ることは考え難いが、たまたま夜陰に乗じたローマ兵が巧みに城内に進入し、開門することにより辛うじてナポリは落城した。住民の生命に直接危害が加えられることはなかったものの、ローマ軍の略奪は激しかった。このナポリでの勝利のあと、ベリサリウスは防衛に必要と考えられる最低限の軍隊をナポリに残し、ローマを攻撃し占領することになったが、トティラはベリサリウスが進んだ後を追うかのようにナポリに駒を進めた。

　ナポリが東ローマにより攻略されたという知らせを受けたトティラは、翌年ラヴェンナやローマ等戦略上重要な都市の攻略を後回しにして、フィレンツェから直接ナポリに進軍した。この軍隊の移動の途中、ほとんど抵抗を受けることもなく、早速ナポリの封鎖に取りかかることができた。このナポリの籠城に深く憂慮したのは、戦場から最も離れたところに住むユスティニアヌス大帝であったという。帝はイタリア征服の困難さや危険性に対しこれまでにない不安を感じていたので、早速食料と武器を届けるための船団を組み、兵を派遣したが、この増援軍はナポリ湾でトティラの軍に捕捉され、籠城のため救援の兵や物資の届かないローマ軍の指揮官は休戦を乞わざるを得なかった。

東ローマ軍がこれまで占領したペルジア等の町々では、イタリア人に対し重税を課し、物欲を満たすためその権力を乱用することが多かった。市民は占領軍に反感を抱き、トティラの攻撃が始まるとまず占領軍に対立する住民が立ち上がり、また、ローマ軍に捕らえられた捕虜や脱走兵も住民に参加するものが多く、町を防衛する新たな軍団が創設され、町が開放されることが多かった。また、トティラは町を占領すると直ちに城砦を破壊したが、それは住民が再び攻撃の災難にさらされたり、ローマ軍が立て籠るため活用する機会をなくすためであった。トティラは単に軍事面だけでなく、市民の生活や敵側の市民に対しても差別することなく、衣・食の面にまできめ細かく配慮したので、強敵ベリサリウスが大帝に対して連絡した報告書のなかには「陛下の軍隊の大部分はゴート側に寝返っている」と述べている。このような状況のもとで、トティラはローマに現れた。

ローマの町を支配していたのは東ローマの武将ペザスであったが、彼は強欲で市民の困窮を無視して巨万の富を蓄え、ローマの穀物倉庫の利益を独占していた人物である。トティラはこの町に対し直接の攻撃は避け、包囲と兵糧攻めの戦術をとったが、法王の慈悲心により市民のために購入したシチリアからの大量の穀物を、包囲軍の目をかい潜り入手したペザスは、ほとんどの市民が飢餓に陥っているにもかかわらず平然と横領するという強欲さを発揮していた。すべての市民から嫌われたペザスであっても、ベリサリウス将軍は立場上救援せざるをえなかったが、その連携がうまくとれず、ペザスは応援の軍隊から見放され内部からの裏切りもあって城門は開けられ、一挙にローマは占拠された。ローマ市民の生命は救われ、処女や人妻の貞操は飢えた兵士の情欲から守られた。また、トティラの命令によりローマの城壁の三分の一を破壊し、ローマ市を放牧場に変えるという布告まで出されたが、敵将ベリサリウスの厳然とした忠告により、この実行は中止されることになった。そして、この敗戦によりローマは四十日間無人の町に変貌したという。ローマには古代からの壮麗な建築物や教会が残されており、これを保存したいとする東ローマのベリサリウスの意志と、アリウス派ということで虐げられてきた東ゴートのトティラの布告は、前者が英雄的行為とされ後者が軽率とされているが、両者の判断の違いがよく現れている。ローマで勝利したトティラは町を去るが、彼にとってはローマの町は他のイタリアの都市と比べてそれほど重要とも考えておらず、彼らが町を離れたあとローマ軍は町に入り、西暦五四七年ローマの市門の鍵は、ベリサリウス将軍の手を経て再びユスティニアヌス大帝に贈られた。

一旦はローマを離れたトティラであったが、近郊において再び東ローマの攻撃を受けることになり、急遽兵を引き返すことになった。そして、再びローマを攻撃し、東ローマの守備隊と市民の抵抗に遭いながらも辛うじてこれを占領し、一応平静を取り戻すことになった。平和の甦ったローマでは食料も確保され、コロシアムでは競技も行われるようになった。一方、トティラはローマだけでは満足せず、シチリアに船を進め、金銀等の財宝や各種の農作物、多くの家畜を収奪し始めた。この頃からトティラはこれまでとは人が変わったように、戦争を通じ略奪による富を蓄積するということに力をいれ、過去によく見られた堕落した皇帝になり下がったようであった。彼の率いる軍隊のなかにもいつしか略奪による戦争の旨味に関心を示す兵士が増え始めたが、反面、兵士になる以前の農村の安定した生活に戻り、平和な生活を希望する軍人も多かった。そして、時には脱走する兵士も現れ、また、軍自体も戦争の目標を失い、口にこそしないが厭戦的な気風も芽生えつつあった。とくにシチリアにおいては戦争とは別に、その農業生産の水準の高さに関心を惹くものが多く、彼らの帰農の気持ちを一層高めることになった。統率者であるトティラは、このような兵隊たちの意向に全く無頓着であり、また、戦意を失いつつある軍隊の状態を意識したことはあまりなかった。そして、彼は戦争に勝つたびに、東の皇帝ユスティニアヌスに対し、イタリア地域の将来の総督に任命されることを期待して彼の平和への願望を伝達し、率いるゴートの兵士を東ローマに役立てたいという希望を表明した。しかし、この提案は無視され、逆に、トティラを降伏させるためゲルマニウス将軍が任命され、将軍が一年後病死した後ナルセス将軍が新たにトティラと戦うことになった。ナルセスは宦官であり、若いころから苦労を重ね、皇帝の会計係から侍従長に栄達、外交に関しても有能な人物であった。彼は軍人としての経験はなかったが、彼の率いる軍勢は果敢な行動のもと南下し、ローマ近郊に集結していたゴート軍と対峙、連続三回にわたるゴート軍の攻撃を退け、六、〇〇〇のゴートの兵士を情け容赦なく虐殺した。西暦五五三年、この戦いでトティラは槍で刺されて戦死し、宝石で飾られた兜と血染めの軍服がユスティニアヌス皇帝のもとに届けられた。ナルセスは引き続きローマの城壁を包囲したが、ゴートの守備隊はほとんど戦う気力を失っていた。そして、東ゴートの帰順を受け入れたナルセスは、五度目の鍵を受け取り、コンスタンティノープルの皇帝に贈り届けたのである。ナルセスがローマを開放したのち、ゴート軍の一部はポー川の北に退却し、戦死したトティラの後継者であるティアスの指揮の下に再び戦火を交えたが、ティアスは敗れ、イタリアは東ローマの支配のもと久しぶりに平和を取り戻したのである。この後ナルセスはラヴェンナの初代総督を引き受け、その統治する管轄区は狭められたとはいえ、有能な総督として十五年以上イタリア全域を統治することになった。この結果ラヴェンナは大いに繁栄する一方、ローマの町は六世紀末まで衰退を続けることになった。

＊　＊　＊

西暦五四〇年、東ゴートと東ローマとの間で講和条約が締結されるまでのラヴェンナの町は、過去この町で戦闘が行われていなかっただけに、騒然とした雰囲気に包まれていた。町にはローマ防衛で敗れラヴェンナに逃げ帰ったウィティゲス王の軍隊とともに、テオドリック王の時代に引き連れられてきたゴート族の子孫でイタリアに定住し、地方の農村や遠くの駐屯地から首都ラヴェンナ防衛のため集結した兵士で溢れていた。一五万人の兵が国王の旗の下に集まったというのはいささか過大であるが、町はこれらの軍隊であふれ、その様相は一変した。このことは市民に安心感を与えると同時に、籠城するときの水や食料の確保の面でより一層の不安を与えていた。悩んだあげく町から脱出する市民も多く、軍隊の流入と市民の脱出により町のなかは一時大混乱を呈したが、東ローマとの講和条約の締結でやや平静を取り戻すことができた。しかし、東ローマの領土に組み込まれたラヴェンナでウィティゲス王が引き続き王位にとどまり宮殿に住むことは、ゴート族の市民にとっても、ラヴェンナ防衛に駆けつけた軍人にとっても、王自体が傀儡的役割を果たしているように見え、容易に納得いくものではなかった。そして、王の妥協的態度を誹謗する人も多かった。また、宮殿の門を護る元ゴート族の兵士が、東ローマ兵士の軍装で警備する姿を見ると、唾を吐いてその前を通る市民もいたが、それ以上抵抗することはできなかった。もちろん町に常駐する兵隊の大部分はローマ兵であり、このようなローマ軍に対する反抗的意識も時間の経過とともに薄れ、町はこれまでと同じような生活が始まり、以前の賑やかさを再び取り戻すことになった。

テオドリック王が行った農村振興策は、これまでラヴェンナの町に仕事を求めてきた多くの若者たちを、農村に引き戻すことになったが、それは農村での生産品に対する課税や、土地所有に対する税金が減り、農民は営農に対し意欲が持てるだけでなく、休耕田に分散配置されたゴート族兵士の給料が、それぞれに配分された農地からの生産所得で賄われるため、全国的に農業に力を入れることになり、同時に、忙しくなった農村で新たに人を求めだしたからである。農業は主食穀物だけでなく、果樹や家畜の飼育に至るまで、その地域にふさわしい品目が検討され、休閑地の利用が積極的に行われた。これまで主食の生産に関してはシチリアが地中海世界で有数の穀倉地である反面、イタリアでは必要量の三分の一の量しか収穫がなく、輸送費を含めてもシチリアのほうが安価で競争相手にはならなかったが、地域の努力によって収穫をあげ、穀物の生産の復活が可能になった。一方、地味の痩せた地域でも伝統にこだわらず多くの工夫がなされ、穀物よりもオリーブ、ブドウ等の果物、野菜や家畜の飼育等、多様な生産が行われだした。とくにオリーブは栽培技術上の長所として、樹間が広くとられるためその間の土地を利用し、穀物等との混作が可能になって生産性を上げ、また、農家の収穫の増大は市場における物々交換等により農村の生活をより豊かにした。また、農閑期には道路の補修や灌漑路の整備のため農民が動員され、報酬は課税の免除という形式か、賃金により支払われることになり、貨幣も用いられるようになった。また、新たな色素の発見による染色技法の開発は、多様な色模様の織物の普及につながり、同時に糸巻車による織機の発明により生産も急増した。これにより織物は農家の副業として定着し始めた。農村の生産品が増大すると市場は活況を呈するようになるが、そこに並べられる品物は野菜、穀物、肉や魚等の食物だけでなく、織物や装飾品等が含まれていた。絹の織物は後になって繭の飼育が普及するまでは高価であり、一般の市民には手が届かなかったが、綿の織物は色彩に溢れ、着飾った婦人達により町は新鮮で明るくなった。特に婦人はガラスのペンダントや貴金属、貴石等に関心を示し、専門の店も見られるようになった。

本来東ゴート族は狩猟民族フン族の子孫でありイタリアに定住したが、アジア系でスキタイに属するとも言われており、彼らの生活は遊牧が主体で牧草を求めて季節に応じ移動した。固定した住宅に住むことはなかったが、西暦四〇〇年頃からハンガリーに定住し、その後イタリアに南下してきた民族であった。イタリアでは営農に力を入れ風土に馴染む努力を重ね地域に定着したが、イタリアで定住した後も、古い伝統、あるいは風習を守る民族の血が流れていた。財産を金や銀、あるいは宝石等に変えて絶えず持ち運ぶという風習はその一つであり、この習慣はイタリアにおいても容易に変えようとはしなかった。在来のイタリア人が、生産した農産物を物々交換により生活用品の購入にあて余剰は税金として支払うという伝統にくらべ、ゴート族は農業による余剰物資を小額の貨幣にかえ、溜まればこれを貴金属の首飾りや宝石等に変えた。この貴金属を絶えず身に付けながら遊牧生活を送っていたのである。ゴートにとっては銀貨は生活の大事な一部であったが、やがてこの習慣はイタリア人にも影響するようになった。

農産物の生産が増えると、商人の手を経てこれを外国との貿易に用いるようになり、船の出入が頻繁になった。交流の相手は小アジア、ギリシャ方面が多く、時にはコンスタンティノープルを中継する場合もあった。ラヴェンナからは葡萄酒、ガラス製品、金属細工等が輸出されたが、見返りとしては最初の頃は物々交換によるものが多く、後になると金銀等の貴金属が未加工のまま輸入された。輸入品はシリアのフェニキア人によるものが多く、彼らは天然資源の貧弱さにめげず航海上の天才的能力を発揮し、交易上の終点にあることを巧みに利用し、小物であるが高価格の金銀細工、ガラス細工、飾り物、容器、象牙等の工芸品を輸出していた。また、フェニキアの海岸でとれるミュレックス貝によるチュロスの紫の染料もその一つであった。ラヴェンナではこの染料の生産にも努めたが模倣にも限界のあることを知り取りやめたが、他の製品については一部の同業者グループによりその製造に積極的に検討が加えられた。この同業者グループによる職人のギルドはローマ帝国の主要都市で既に発生しており、銀行家が職人に資金を貸し、ある場合には銀行家が作業用の建物や、道具・材料を供給したこともあったというが、ラヴェンナにおけるモザイク・グループによる活動もその一つとして組織化されていた。

ラヴェンナにおいても小額の貨幣である銀貨製造が行われていたが、同時に貿易のための資金として金銀の準備が必要になった。鉱物資源に恵まれない町にとって、この資源の確保は外国に求めざるを得なかったが、原料となる鉱石が港湾の近くで入手できればよいものの、一般に港から離れた山間地で原石が採れることが多く、そのような僻地では取り付け道路や労働力の確保が困難であり、また便利な場所は価格の点で高価になるという問題があった。便利な場所は古い時代から開発され、資源も枯渇気味であったので、新しい鉱山を見つける必要があった。新規開発には資金と労働力が必要であるため、当時このような鉱業はほとんど国家の事業として行われ、国の独占物となることが一般的で、国の資金の援助により企業が担当することも多かった。ラヴェンナでこの事業に力をいれたのは、銀行家であり銀細工師であったジュリアーノ親子であった。

ジュリアーノの父はギリシャ出身の漁夫であり、アテネの南西ピレウスの町で少年の頃から漁業に従事しており、一家はその日暮らしの貧しい生活を送っていた。ピレウスの港は当時大アテネの外港であり、軍港として、また商業港としてエーゲ海や地中海に君臨していた。出入りする船を眺め、乗組員達のもたらす情報に接するたびに、漁業がいかにみじめな職業であるかを痛感するようになった父は、商船に乗り込み外国に出ることを夢見るようになった。当時の乗組員は船主との契約で給料が支給されていたが、その額はそれほど多いものではなかった。しかし、収入以外に少量ではあるが船員個人が品物を持ち込み、目的の港で物々交換することが認められており、この収益が船員達の懐をうるおし、船乗りの大きな魅力にもなっていた。航海がいつも成功するとは限らず、遭難する時や、海賊に襲われ交易品を奪われることもあったので、成功すればよいが失敗すれば元も子もなくなるこの職業に応募する人は限られていた。しかも連続して毎回のように参加する人は珍しく、父はこの例外に属していたためか、いつしか船主からも信用を得るようになり、運も強かったのか遭難することもなく、これまでの漁業に較べるとはるかに恵まれた生活を送れるようになった。若い彼の夢はさらに拡がり、これまで蓄えた資金をもとに大きくはないが自分の船を持ち、船主になって外国で定住し生活することを考え始めたのである。アテネには多くの船主が集まり競争も激しく、新人がそこに割り込む余地はないので、新天地を求める必要があったが、これまで小アジアを含め東ローマやイタリア、スペイン、エジプトに至る多くの港を訪れた経験をもとに、小アジアの技術水準の高さ、スペインの鉱物資源の輸送やアフリカの農産物等との交易、戦争に対しての安全性、関税率の低いこと等を考えると新興都市ラヴェンナが最も望ましいように思われた。後になってラヴェンナの直ぐ北に位置するヴェネティアが地中海の主要貿易港の地位を占めることになるが、当時ヴェネティア港が存在していなかったとはいえ、彼は理想的位置について直観的、経験的にそれを予見していたのかもしれない。彼ら一家が住んだのはラヴェンナの外港クラッセで、息子ジュリアーノはそこで十歳の誕生日を迎えた。親の血を受け継いだせいか、幼少の時から海へ興味を持ち、船に親しみ、すべての船乗りが嵐から肉体や魂を守るため聖母マリアを信仰するように、彼もまた熱烈なキリスト教徒であった。

クラッセ港の貿易の特徴は、これまで主流であったアフリカやシチリアからの食料輸入が、ポー川流域の農業の生産増に押され停滞気味になったのに対し、金・銀の細工物とくに銀細工による装飾品が増えだしたことである。農民の懐具合がよくなり衣服への需要は顕著であったし、財産の蓄積とともに貴金属への関心が高まり、輸入すればすぐ捌《は》けるという状況であった。そして、金は高価で富裕階級向きであるのに対し、銀は安価で一般市民の需要は大きかった。父の貿易はまず、細工物の生産の盛んなシリアとの交易から始まった。しかし、シリアの製品は他の地域のものより安かったとはいえ、これらの品物を産地で購入するよりも、原料を輸入しラヴェンナで加工するほうが、市民にとっても生産者にとってもはるかに有利と考えられたので、この解決を図ることがラヴェンナの貿易業者にとって大きな課題であった。そのためにはまずは金銀の材料を生産地から取り寄せることが必要であったが、この輸入については政府自体が既に貨幣鋳造のため行っていたので、一部を民間に譲渡すれば可能であった。同時に金銀を入手する以外に、新たに金銀を加工し細工物を造る必要があった。石の彫刻を行う彫刻家は既に町にもいたが、金属加工の彫刻家はほとんど見当たらず、できるだけ早い機会に職人を養成する必要があった。政府にも働きかけた結果、事態は急速に展開した。職人を確保するための養成所の設立はジュリアーノの父を中心に行われ、ジュリアーノ自身も父の説得で早速その養成所で訓練を受けることになった。ギリシャから招かれた講師を中心として発足したこの養成所は、訓練も厳しかったが優れた素質のある技能者を選ぶことに重点がおかれ、所員同士の競争は激しかった。養成所を無事卒業すれば職人のギルドに参加し、その後の生活は保証されるので希望者は多かったが、無事修了する者は少なかった。ジュリアーノも五年の歳月を費やし、かろうじて修了、その十七歳の年に初めて父とともにシリアの市場の視察に加わることになった。高価な飾り物も比較的安価で種類も豊富であり、ラヴェンナの市場の遅れを感じさせたが、帰途立ち寄ったアテネの町も相変わらず活気が溢れていた。彼にとっては初めての大航海であったが、帰国後ラヴェンナで何をなすべきかを父と語り合ったことは、ジュリアーノの将来にとって極めて意義のあることであった。

ラヴェンナに戻りまず手掛けたのは銀細工師としての工房を持つことであった。そして、シリアで求めた製品を参考にしながら新しいデザインによる作品は、やがて評価を得て商品も予想以上に売れるようになった。心配な点は、原料である銀が手に入りにくくなったことである。銀は政府の管轄下におかれそのほとんどが銀貨に用いられ、ごく一部が装飾品とし民間の消費に回されているに過ぎなかった。銀貨の使用も一般化し、貴金属の細工品に対する需要も高まり、増加する需要を満たすため新たな貴金属の供給体制が必要となったので、銀細工作りのギルドは安価な銀の輸入と銀行の設立を政府に申請した。イタリアでは金銀の資源はなく入手は不可能で、ギリシャの東部、トラキア沿岸地帯、それにスペインのイベリア半島がその産出地として知られていたが、ギリシャは古くから採掘されて生産量も減り、トルコのトラキア沿岸は戦争相手国である東ローマの支配下にあったので開発は不可能であり、結局はイベリア半島北部の銀に期待せざるを得なかった。このためイベリア半島で新たに鉱山を発見し、軍隊に守られながら金銀の採掘、精錬を行わざるを得なかった。その精錬も初期の頃は金に塩と藁とをまぜ、これを骨粉やその他吸収性材料でつくった坩堝《るつぼ》で加熱、不純分の銀は鉱滓《こうさい》になって坩堝の壁に吸収される一方、純粋の金がそのまま残るという製法で、金と銀を入手していた。この精錬技術は紀元前七〇〇年頃に高度に完成したと言われているが、比較的近い時代まで貴金属細工匠や鉱物学者が利用していたという。産出された金銀を陸路で運ぶことは、絶えず戦争の行われている当時の不安定な状況では不可能であり、海路が選ばれたが海賊の襲撃や嵐を避けるため速度が速く安定度の高い船が用いられ、ジュリアーノ親子はこの船を利用して年に最低二回は地中海を往復した。当時このような鉱業は国家の独占物で、国家が資金と労働力の供給源となり、国の支援による企業が北西スペインの金属資源を掘り出し、その運営を行った。一種の公営事業であったが、貨幣の鋳造のため当時の銀行家が職人に資金を貸し付け、時には銀行家が職人に作業用の建物や、道具・材料まで提供したこともあったという。ジュリアーノの父は政府の厚い信頼のもと多くの仕事に協力を求められ、その任務を果たしたが、このことにより多くの市民から信用を得ていた父も、ジュリアーノが三十歳の時これまでの過労が祟ったためか急逝し、彼は父の残した仕事のすべてを引き継ぐことになった。

＊　＊　＊

西暦五二六年サン・ヴィターレ寺院の建設が始まったのはテオドリック王が亡くなる一年前で、ジュリアーノが三十五歳の時であった。王は再三ふれたようにアリウス派であったが、こだわることなく正統派のための教会をつくる資金の援助をジュリアーノに依頼した。彼の負担した拠出金はローマ金貨で二万六千ソリダスという大金であったが、当時において富裕な人が教会に建設費を奉納することは一般的なことであり、また、光栄なことでもあったので、彼も喜んでこの寄進に応じることになった。ジュリアーノはこれまで国がやるべきとも考えられる鉱山の開発や貨幣の鋳造等を代行し、また日頃から銀細工の加工等手広く事業を行っていたので、その安定した収入に基づいて積極的にその寄進に応じることができたのである。

西暦五三八年になってクラッセ港でサンタポリナーレ・イン・クラッセ寺院の建設が始まったが、サン・ヴィターレ寺院が建築中であるにもかかわらず、建設のための資金の寄進を求められたジュリアーノは、快くこれも引き受けていた。彼の収入がいかに莫大であったかということもあるが、同時にその信仰がいかに深かったかを示すものであろう。また、クラッセの寺院は、かれの貿易の拠点でもあり日常生活に直接関係した町の教会であるため、協力せざるを得なかったかもしれないが、引き受けた以上彼の性格からか積極的に協力することになった。当時教会の建設は、その規模が大きくなるほど熟練した労働力が要求され、時間もかかり、サン・ヴィターレ寺院は約二十年、クラッセ寺院は規模が小さかったので約十年をかけて完成している。その建物本体を構成する煉瓦の製作一つを取り上げても、大量の土の入手やこれを焼き上げる窯の準備、燃料の調達等その費用と労働力の確保は並大抵のものではなかった。ジュリアーノは日頃から幹線道路や灌漑用水路の建設を依頼されており、これら工事を通じて労働力の確保や資源の運搬に関しては手慣れていたので、積極的に協力することになった。建設に対しての資金だけでなく、教会の具体的建設の面でも、彼の貢献は大きかった。また、建設が始まっても、建物の姿が目に入るようになるまでは一般市民の話題にはならないのはいつの時代にも共通しているが、戦争で教会建設がいつ中止になるかという不安のほうが市民の話題によく取り上げられた。一方、教会の建設は、戦争とは関係なく、権力者間の戦いとは次元が違う問題であるという市民意識が強かったことも事実で、完成を期待して基金に応募する人は多かった。サン・ヴィターレ寺院建設中の西暦五四〇年頃、ラヴェンナ政庁は東ゴートから東ローマのユスティニアヌス大帝の統治下に移行するが、ジュリアーノの果たす役割はそれまでとほとんど変わることなく継続した。むしろ、これまでの彼の誠意は東ローマにも認められ、新たな仕事であるイタリアの幹線道路の新設や舗装等の建設を依頼されるようになり、事業は拡大した。

サン・ヴィターレ寺院はラヴェンナ宮殿から五〇〇メートルほど西、ガッラ・プラキディアの墓廟に隣接して建造されたが、この寺院の原型はローマのテルミニ駅のすぐ近くにあるミネルバ・メディカ神殿を模して計画された。西暦二六三年から五年ほどかけて造られたこの神殿は八角形で構成されており、サン・ヴィターレ寺院も直径一五メートルの八角形で、その外側に直径三三メートルの八角形が取り巻く計画になっていた。しかし、内容的にはローマの神殿とは全く異なっており、これまでにない斬新な計画であったといえる。とくに内部の八角形のうち七面をつなぐ二階の梁《はり》は真っ直ぐではなく、窪んだ円形の梁でつながれ、この梁は二本の柱に支えられていて、東方の教会堂の桟敷《さじき》のような形になっていた。また、この八本の柱で支えられた屋根のドームは、ビザンティンの影響を受けていると言われている。建物内部の空間は発想が豊かで創造性に富んだものになっているが、その作者は不明である。しかし、建物の外部は全くといってよいほど無装飾で何の変哲もない建物である一方、内部のモザイクの装飾や床の色大理石の構成は、これまでになく、また、その後にも見られない素晴らしい効果を創りだしており、ビザンティン建築の非凡さを表現している。厚さ四センチメートルという薄い煉瓦を、同じ厚さの石灰で交互に積み重ねるという当時の典型的な造り方で建造された壁面が全体を構築し、また、ドームは粘土のチューブを焼生し（一説には素焼きの壺を用いたという説もあるが詳しくは不明である）、水平に置きながらドーム状に積み上げ、地震のときの被害の発生を防ぐため軽量化を図ったという。コンスタンティノープルのハギア・ソフィア寺院のドームは既に西暦五三七年に完成していたが、そのドームははるかに大規模であって軽量化に努力しており、その点はラヴェンナにおいても十分配慮されていた。そして、先端的な技術的工夫により建物は造られたが、内部の空間の大部分が装飾によるモザイクで飾られるという構成は、ハギア・ソフィア寺院とは全く異なっており、隣接したガッラ・プラキディアの墓廟と類似しているといえる。しかし、サン・ヴィターレの空間は複雑な構成であるだけに、モザイク・グループの仕事は壁画の構成とその内容、彩色等すべての面で苦労を重ねることになった。

サン・ヴィターレ寺院の現在の入口は、寺院完成のときとは異なった位置に設けられているが、この入口を入るとまず目につくのは空間が上部に向かって大きく広がっていることである。この内部空間の広がりを求めて中央に進むとドームの天井が現れ、そのドームの頂点に円形に縁どられた後光のさした神秘的な子羊が描かれている。そしてこの円形の縁を四人の天使が支えており、天使間の部分はロバや鶏、燕等の動物とアカンサスの葉等の植物がモザイクにより埋められている。これまでのドーム天井に較べると、構成は別にして絵画の内容が異なっており、宗教的な表現よりも自然的要素の表現が強調されているように思われる。このことは単にドームの絵だけでなく、全体を構成するモザイク画が、一、二の例外を除いて、キリストを始め十二人の使徒や聖人達が自然を背景に描かれていることである。当時のキリスト教を支配していたローマの教皇はほとんど力を失い、また、地方の宗教を支配する大司教もそれぞれの地方の皇帝や王に従属していたので、それを強調することは避け、聖書のなかの聖人達を、権力者というよりも市民の宗教生活に関わる心の拠り所として、また、自然のなかの神として捉えていたようである。例えば、内陣の左側の明かり取り窓にはアブラハムの生涯に関しての挿話が描かれているが、緑の葉の繁った樫の木の下のテーブルを中心に物語は展開しており、その大地には美しい花が植えられている。同じ内陣の別の場所のモザイクには、聖書を持った預言者ルカが岩に立つ牛を背景に座り、その前の水たまりには青サギが遊んでいる。また、聖書を持つ預言者ヨハネは岩山に止まる鷲を背景にして岩に腰掛け、前面の水溜まりに二羽の鴨が戯れている。このような写実的な絵とは別に、絵の額縁に当たる部分に植物や動物をモチーフにした抽象的な模様が描かれていた。内陣を構成しドームを支える八本の柱が後陣につながる部分で、天井部のアーチに延びる壁型柱の一本に、キリストの上半身が円形の額に縁どられて描かれている。この壁形柱の最頂部にキリストが描かれ、左右両側に六人ずつ十二使徒と、ローマ時代の百人隊長ヴィタリウスとヴァレリウスの息子の一四名が描かれているが、それぞれの円形額の間に緑色の二匹のイルカが絡み合った創造的な模様が描かれている。この模様は現代的な感覚に通じる表現であって、モザイク・グループの芸術的素養の高さを示したものであり、これと同じ抽象的な傾向のものを他の部分にも見出すことができる。内陣の左側の明かり取り窓のアーチの部分には、副柱頭上部が花瓶の形で描かれ、この二つの花瓶から放射状に葡萄の木が伸びている構図、さらにこの葡萄の木から空間的に少し離れた内陣の柱をつなぐアーチに、葡萄の葉や実が模様状に描かれている。そこには実態と抽象を空間を通じ結合させようとする意図が現れており、絵画と建築との融合を意図しているようである。

後陣の一部に、当時の皇帝ユスティニアヌスと皇后テオドラの一団が別々の場所にモザイクで表現されているのがサン・ヴィターレ寺院の特徴である。何故神聖な教会に、当時の権力者である皇帝や皇后が描かれたのか、唐突のように思われるが、一つはビザンティン帝国では大司教よりも皇帝が上位に位置するもの、皇帝はローマ教皇に支配されるものでないという気位の対立が背景にあったことが考えられ、キリスト教を支持する皇帝を寺院に同次的に記録し後世に残すことの必要性を示すため、モザイクで描くことを主張したと考えられる。同じ頃皇帝は首都コンスタンティノープルでハギア・ソフィア寺院を建設したばかりであり、その際にモザイク画を描かせていたが、皇帝一族の肖像画を描かせたかどうか、壁画が残っていないだけに真否を確かめることはできない。もしそのようなことが実現していたとすれば、圧政のもと貧乏に苦しんでいた庶民の反発を食う可能性は高く、恐らくハギア・ソフィアでは実現しなかったと考えられる。しかし、サン・ヴィターレは自分の統治下の領土に建つ寺院であり、市民の反発があっても帝はラヴェンナに常時住んでいるわけではないので、直接批判の対象になることはないという判断があったかもしれない。

もう一つの要因が考えられる。それはラヴェンナの宮殿に関連したことであるが、宮殿のなかに設けられた謁見の間の壁面には、ローマ帝国を東西に二分したテオドシウス大帝を中心にそれを取り巻く元老院、貴族等の高官が描かれていたが、ユスティニアヌス皇帝はローマ帝国を再度統一し、かつてのローマ帝国を復活するという意図のもと、その実現も近づいていただけに、将来のため少なくとも肖像画だけは残すべきであるという気持ちを持っていたということである。このため帝の意向を受けた部下達は、教会の司教や建設に関係する人達に対して積極的に働きかける努力を忘れていなかった。この意図に反対する人達に働きかけたことは言うまでもない。教会建設のパトロンでもあるジュリアーノに対しては、先にもふれたイタリアだけでなく東ローマ領域の新設幹線道路の建設や補修の仕事が新たに依頼され、また、金銀の採掘のため東ローマのトラキア沿岸地帯の鉱山の開発を認めるという条件も準備された。これまでのスペインの開発に較べるとはるかに条件がよく、採掘が安全に行われ、輸送の距離も短縮され、高い利益が保証されるので、ジュリアーノが反対する理由は全く見当たらなかったのである。また、この肖像画を作成することになっているモザイク・グループにも働きかけがあり、それとなく皇帝と皇后のモザイク画作成についての情報がもたらされ、描かれる場所等についての検討が依頼された。モザイク・グループにはモザイクに関係する工匠や技術者はもちろん、聖書に関係する神学者、絵画や彫刻に関係する芸術家等が含まれており、この構成員の資格に関する厳しい伝統はこれまで変わることなく守られてきたが、この申し入れに対して激しい議論が戦わされた。まず神聖な教会のなかに政治を持ち込むことは望ましくないという正論が出され、多くの若い人達の支持を得た。神は永遠であり、政治家は所詮俗物に過ぎず、大多数の市民が税金に苦しんでいるとき、神と同列に扱うべきではないという意見であった。また一方で、帝の申し出を断った場合どのような結果になるかも議論され、結論を出すまでにはかなりの時間を必要とした。

モザイクの壁画を創るためにもう一つの難問が控えていた。それは皇后テオドラを中心に女官達の一群を描くことが求められたことであった。テオドラは幼少の時から貧しい家に育ち、父不在のまま三人の姉妹とともに母の勤める劇場で道化役として出演し、生計を稼ぐという惨めな生活を過ごしていた。成長するとともに、その美貌と艶やかな姿態は人目を惹き、やがて劇場で演ずる魅力的な肉体が高額な金に変わることを覚えるようになった。しかし、町に出ると多くの女性から軽蔑の眼でみられることが絶えず、いずれこのような立場から抜け出したいという気持ちを抱くようになっていたものの、アフリカに渡った結婚もうまくいかず、失意に明け暮れ、転々としてコンスタンティノープルに舞い戻ってきたのだった。そういう中で当時東ローマの名誉顕官であるユスティニアヌスと出会うことになるが、彼はこの憂いを含む美女の虜になり、やがて結婚することになった。結婚二年後の西暦五二七年にユスティニアヌスは帝位に就くが、多くの財宝が彼女に注がれ、彼女も急激な生活の変化のもとマルマラ海やボスポラスの海岸に別荘を求め贅沢な生活を送り、自分に迎合する女官達を引き立て、気に入らないときは遠ざけるというわがままを発揮し、時には残忍な仕打ちを見せることもあったという。しかし、彼女が皇后の地位に就いたとき、ユスティニアヌス帝は皇帝と皇后は帝国の主権者として、独立し同等の同輩として位置づけたこともあって、彼女の行動に変化が現れはじめた。それが最も端的に現れたのは「ニカの乱」のときであり、先に触れたように、群衆が蜂起し一歩誤れば皇帝の地位が消失するという状況の下、逃亡しようと腹に決めていた帝の決意を翻させ、兵を動員して鎮圧する決定を下すよう仕向けたのは皇后テオドラであった。帝にとってこの決定は、その後のビザンティン帝国の行方を決定するものであり、この意味では帝はテオドラに大きな借財を背負うことになったといえよう。テオドラは結婚後その貞節を守り、彼女の評価も徐々に高まり、各種の信仰や慈善のための事業を行った。ボスポラスのアジア側の宮殿は素晴らしい修道院に変えられ、また、町の街頭や娼家から集められた多くの女たちに多額の扶養費が支給された。さらに、ユスティニアヌス帝の法律とも言われるローマ法典の編纂についても、彼女の助言に負うところが多かったという。やがて、彼女の支配権は強まり、永続的かつ絶対的なものとなったが、出すぎた振舞いは見られなかったという。ただ彼女は若いころの放縦《ほうじゅう》な生活が祟ったせいか病弱で健康には恵まれず、晩年は侍医から温泉治療を命ぜられ、湯治のためデルフォイに赴くことになった。旅の途中、彼女はビチュニアを通過するとき教会や修道院、病院に多額の施しを行い、自身の健康の回復を神に祈ったが、結婚後二十四年目に癌で命を落とすことになった。王は悲嘆に暮れたという。

彼女を中心に侍女の一団をモザイク画として寺院に残すことに反対する人は多かった。理由の一つは、結婚以前の彼女の放縦な生活に対してであり、ラヴェンナの市民は皇后の恩恵を受けたこともなく、結婚後の善政についてはほとんど知る機会がなかったからである。もう一つの理由は、女性が正式に王位に就いたり皇帝と同等の権力を持つことは、西ローマの時代においても、滅亡後の東ゴートにおいてもラヴェンナでは認めていなかったので、絵画で描くことは過去の伝統を否定することになるという反対意見が強かった。この二つの点はともにラヴェンナがビザンティンの支配下に置かれている状況のもとで、表立って議論しにくい問題であったが、簡単に受け入れることはできない条件であった。そして、深く静かに議論は進められたが、簡単に結論の出るものではなく、また、賢明にも行政側から直接的圧力をかけるようなことは見られなかった。

最終的結論として、要求された条件はすべて受け入れられることになったが、教会はあくまで神に奉仕するため建設するのであるから、たとえ皇帝、皇后であろうと地上の人として扱い、神より下位に表現することが第一点であった。神はできるだけ天空に近づけて描かれ、皇帝や皇后は大地に接する位置に描かれることになったが、とかくこれまで皇帝が司教の人事に口を出す傾向が見られたので、神の尊厳を主張する教会側の意見が示され、ビザンティン統治というラヴェンナ側にとっての不快感を表現したものであった。また、第二の条件として皇帝の随臣のなかにラヴェンナ市民の代表として、建設に対する財政的援助者である銀細工師ジュリアーノを加えることであった。ラヴェンナの市民の教会であるにもかかわらず、人物として皇帝と皇后だけが描かれていることに対する反発は強く、教会がビザンティン支配の寺院ではないということを極力表現したいという気持ちを示したかったのであった。ジュリアーノこそは、市民のこの気持ちを示すための最適の人物であるとして選ばれたのであった。これら二つの条件は受け入れられ、関係者の不満は後々までくすぶり続けたものの、この決定をもとにモザイク画の制作は進められた。

後陣正面の上部の半球面天井の中央部に若い救世主キリストが描かれ、はるか下部の左側にユスティニアヌス皇帝、右側にテオドラ皇后の集団が描かれているのがこの結論である。後陣に近づくとまず天国を表す紫色の球「創造」に腰掛けている救世主が、その右手に七つの印綬のついた輪を持ち、その両脇に二人の天使が控えている。そして、救世主は右側のサン・ヴィターレに殉教者の王冠を差し出しており、また、サン・ヴィターレの右隣には教会堂建設を推進したエクレシウス司教が「キリストの教会」の模型を持って立っている。背景には、天国の庭園が描かれており、そこには四本の川が流れ、美しい花が咲き、空には多層の雲がたなびいている。この光景の壁画はサンタポリナーレ・イン・クラッセ寺院と類似しており、後陣全体の構成を支配しているといえよう。この後陣の主要部を構成しているモザイク画の足元の部分に、皇帝と皇后がそれぞれの取り巻きとともに別々の壁面に集団をつくり描かれているが、この全体構成は、一応ビザンティン帝国の権威を維持するとともに、ラヴェンナ教会の伝統と市民の意思を表現したものと考えることができる。

ユスティニアヌス帝のグループの絵は赤い額縁で取り囲まれており、この点についてはテオドラ皇后のそれと同じ扱いであるが、この赤い額縁は、将来の政変等に対して統治者が交代し、絵の変更が必要なとき額縁の内側だけ取り替え可能のように考慮していたようである。結果的にはそういう事態は起こらなかったが、皇帝は中央部に立ち、右手に金の聖体皿を持ち、権力の象徴である後光が背後に描かれており、ラヴェンナの宗教統治の最高責任者であるマクシミアヌス大司教に先導されている。大司教は手に大きな十字架をもち、ストールを肩に掛け、その右隣の助祭は福音書をもち、右端の副助祭は香料を持っている。皇帝とマクシミアヌス大司教の間に顔だけ描かれているのが銀細工師であり実業家のジュリアーノ、帝の左隣がラヴェンナ攻略の時の将軍ベリサリウスと言われている。人物は入念に描かれ、髪形や顔の表情にはそれぞれの個性が現れており、兵士を含め全体で一一人が描かれている。その特徴として、人物はその背の高さが標準的な人に較べると高く、顔が小さく描かれている点であるが、これは描く場所が狭かったこともその原因と考えられるが、一般礼拝者の視点が低い位置にあることを考慮し、透視図的効果を演出して人物を大きく見せるよう取り扱ったのかもしれない。

後陣右側のテオドラの額縁には、中央にテオドラが立ち、金を散りばめた贅沢な紫色の衣服を着ているが、それは三人の王から贈られたものと言われている。彼女の頭の背後には後光が取り巻き、真珠で飾られた王冠を被り、宝石や真珠で飾られた酒杯を持っているが、当時のビザンティン帝国の宮廷の豪華さを偲ばせるものがある。テオドラに隣接して女性が描かれているが、ベリサリウス将軍の妻アントニーナと娘ジオヴァニーナであり、当時の衣装が色や模様の点で非常に豪華であり、多彩であったことが窺える。また、髪飾りやイヤリング、首飾りも現代と変わりなく、否、それを上回るものが見られるのである。このサン・ヴィターレ寺院が完成した二年後に皇后テオドラは亡くなったが、建設中にマクシミアヌス大司教だけでなく、教会や修道院に対して多くの物的、精神的支援を行っていたので、その意向が関係者に伝わるにつれ、これまで必ずしも賛成でなかった人達も協力を惜しまなかったという。

サン・ヴィターレ寺院に対する関心は、建物の地上部分が完成に近づくにつれ増大したが、隣に立つガッラ・プラキディアの墓廟が小さく見えるのに較べると、建物は大きいが全く平凡な表情をしており、教会らしくない建物ということで評判になった。それは遅れてクラッセ港で建てられ始めたサンタポリナーレ・イン・クラッセ寺院が独立した鐘楼を持ち、やや離れたところに教会があり、しかも建物がいかにも教会らしい表情をしていることに対しての評価でもあった。また、寺院の外観だけ見ると、コンスタンティノープルに建つ壮大な寺院ハギア・ソフィアに比べると見劣りし、それを見たことのある人達の期待を裏切ったかもしれない。それだけにモザイク・グループの工匠達の内部に対する装飾や壁画に対する意気込みは、これまでになく真剣であった。そして、そのエネルギーは、皇帝や皇后のパネルだけでなく、内陣、後陣をふくむ全体の壁画が、人の流れや視線の動きとともに、空間の尊厳性と親しみ易さをいかに訴え、いかに表現するかに注ぎこまれ、これに基づいて全体の構図や色彩の表現に多くの時間が費やされた。室内空間の創造は、これまでラヴェンナのモザイク・グループが直面したこともない、連続する大空間のデザインであり、やり甲斐のある仕事ではあったが、簡単に答えが出るというような問題ではなかった。工事中、でき上がった部分を取り壊し、やり変えることもたびたびあった。このような苦労を重ねながら、サン・ヴィターレ教会堂は西暦五二七年エクレシウス大司教により着手されて以後、五四八年五月十七日マクシミリアヌス大司教により奉献され、完成した。床に貼られた美しい大理石の模様から、迫力あるモザイク画により織りなされる空間に対しての評価は高く、サン・ヴィターレ寺院はラヴェンナの町の誇りとして長く歴史に残ることとなった。

同じ頃クラッセ港で建てられたサンタポリナーレ・イン・クラッセ寺院は規模が小さいため、内部の空間はサン・ヴィターレ寺院ほど変化は激しくない。室内に入ると内陣は壮大なギリシャ的な二十四本の大理石の柱で構成され、その真正面に後陣のアーチと半球状のドームを見ることができる。モザイクは後陣のこの部分にほとんど集中しており、全体が簡素であるが、アーチ状額の中央に賛美歌を手に持つ円形のキリスト像を配置し、多くの絹状の雲がたなびいている。この雲はサン・ヴィターレのそれと表現は同じである。ドームに目を転じると、中心部に十字架が描かれており、そのすぐ上には「救いの主イエス・キリスト」その下に「世界の救済」という字がギリシャ語で書かれている。このことはクラッセが国際的な港としてギリシャとの交流が強かったこと、相互に文化的つながりがあったことを示している。十字架の左にモーゼ、右手に預言者エリシヤが描かれ、下には祈願するサンタポリナーレとその周囲には木や花や羊が見られ、自然と宗教の一体性が感じられる。この寺院は西暦五三四年にウルティノ司教により建設が開始され五四九年に竣工したが、ラヴェンナの町に建つ多くの寺院とともに、そのモザイク画の美しさは高く評価された。そして、ラヴェンナの町は、宮殿をはじめ多くの寺院のモザイクにより、他の町に見られない町を創り上げたのである。

Ⅳ　繁栄と自立

ローマ帝国の首都ローマが東・西ローマ帝国に分裂した後、その首都としての地位をラヴェンナに譲ったことは周辺諸国に知られていたものの、それでも野心的な諸蛮族にとってローマが帝国の中枢的役割を果たしているという幻想を捨てることはできなかった。そして、西ローマ帝国が消滅した後も、攻略の目標は常にローマの支配であって、戦いの矛先は絶えずローマに向けられていた。そして、西ゴートのアラリック王、ヴァンダル族のガイセリック王、東ゴート族テオドリック王等が次々にローマを攻撃した。ローマには過去の繁栄を示す歴史的遺産だけでなく、貴族、元老院等の邸宅や財宝、教会の神聖な宝物を含む略奪品に事欠くことなく、侵略者の強欲を充分満たしていた。この戦争を通じての略奪的行為は、かつてローマ軍が地中海沿岸諸国で行った略奪のお返しでもあった。しかも、このような略奪が絶えず繰り返され、東ゴート族の最後を飾った王トティラの時代には、元老院議員が国外に追放されたこともあり、本来ローマの行政に指導的役割を果たすべき機能が失われ、秩序も乱れ、一時その人口は三万人を下回ることもあったという。そして、その後ビザンティン帝国のナルセス総督がローマを占領したとき、市民生活は極度の貧困に脅かされ、不安な状況が日常化していたのである。このような危機に直面し、市民の教会や法王への期待が大きかったが、それに応えるような兆候は全く見られず、やがて現れた侵略者ランゴバルト族によるローマ支配は、市民の生活をより一層の貧困に落としこむことになった。

東ローマ軍（ビザンティン帝国）がイタリア地域統治を完了した頃、ゲルマン民族に属するランゴバルド族アルボイン王は、アヴァール族と連合し、ゲビダエ族を攻撃してこれに勝利して勢力を強め、西暦五六八年に南下を始めて北イタリアのパヴィアに遷都した。やがて彼の軍勢はローマ近郊に現れて田園地帯を荒らし、小作人や農場主達は安全を求めてローマ市内に逃げこみ、市内は食糧難に陥り、住居も不足し、全市民の生活は悲惨な状況に追い込まれることになった。事態は時とともに悪化し、建物は崩壊して廃墟となり、水道や下水道等の公共施設は手が加えられず放置され、公共の記念物は修復されることなく、また、町のなかの彫像も略奪された。そして、六世紀の末頃までこの惨状は続き、ローマは荒涼たる廃墟に化してしまったのである。

一方、ラヴェンナではナルセス総督のもと繁栄と平和を享受することになったが、それはラヴェンナが新首都になり約一五〇年にして初めて獲得したものであり、初めてイタリアの中心的役割を果たすことができたのであった。この地位の変化は、まず、ビザンティン帝国が当面する敵のランゴバルド軍に対して軍事活動の戦略的中心として位置づけられたことから発生した。これまでも絶えず首都防衛のための軍事基地――必要な時にのみ一時的に軍隊が集結する基地――であったが、大部隊が常駐する町に変身し、これにともなう急激な人口の増加により町の雰囲気は大きく変化した。この影響を受けて商店や飲食店が増え、一般市民だけでなく軍人、役人達が飲食、舞踏に取りつかれ、町は騒音に満ちることになった。特に軍人はその騒音の発生源と見られ、市民の抗議により絶えず兵に対する訓戒が繰り返され、一時的に平静さが取り戻されたこともあった。このようなことはラヴェンナにとって、かつてなかったことであったが、さらに、中東方面からの商人がこれまで以上に急激に増えだしたことも大きな変化であった。武器や武具の売り込み、毛織物、絨毯、象牙細工等が輸入され、また、教会での礼拝やモザイクを見学する人々も現れだした。商人だけでなく技術者、芸術家も来訪し、地方からの役人等を含み、町の賑やかさはこれまでに見られない様相を呈することになった。このような繁栄のなかで、ラヴェンナ総督は文事、軍事および宗教上の権利を維持し、これまで分断されていたローマ、ヴェネティア、ナポリの属州もラヴェンナの総督の主権を承認することになった。しかし、ラヴェンナ総督ナルセスは、その統治が長引くにつれ徐々に抑圧的になり、市民の不満も高まったため不適格者としてビザンティン帝国から解任され、ロンギヌスが新総督に就任することになった。ラヴェンナは活気に溢れ、繁栄を持続していたが、一方、ランゴバルドに支配されたローマの惨状はその後もより一層過酷なものとなりつつあり、当然その救済に軍を派遣する必要があった。しかし、ラヴェンナ総督の軍隊は微力であり、ローマがその救援を期待することは無理であった。また、ラヴェンナの主権もランゴバルドの侵略により徐々に領域を狭められ、総督領のイタリアの国土のなかで占める比率も低くなり、残りの大部分の土地はランゴバルドの支配下に置かれることになった。そして、この頃から後約二〇〇年の間、イタリアはランゴバルド王国とラヴェンナ総督領という二つの領域に分かれ、この総督職は一八代継承されて軍事と宗教上の権利を行使することになった。

圧倒的大多数のローマ市民が希望を失い、貧困と疫病にさいなまれて滅亡を予期していたころ、この絶望的な町に偉大なグレゴリウス一世が教皇の座に就くことになった。彼は本来貴族の出身であり、それまではローマ市の最高市政官であった。父の死とともにこの市政官の職を辞任し、その遺産のすべてを七つの修道院の建設に奉納し、現世は無名のままで過ごし来世にのみ栄光を得んものと六年間修道士としての教育を受け、その後まわりの人達から選ばれて法王の座に就いたのである。かつてローマを攻略したアッティラ王に対して毅然と対応したレオ一世法王と同じように、彼もランゴバルドに対し強く説得を繰り返し、市民の生活を防衛した。彼は法王権を確立し、ランゴバルドの圧迫から解放することを目的にビザンティン皇帝に援助を請うこともあった。この要請は失敗に終わったものの、彼の積極的な行動は全ヨーロッパに大きな影響を与えることになった。彼はまず目標をランゴバルド、フランクやアングロサクソン等の蛮族を対象にキリスト教への改宗を実現すること、次いでヨーロッパにベネディクト派修道院のネットワークをつくり、修道院を通してキリスト教の支持者の拡大を図ることに力を入れた。実現への努力は、彼の法王在位十三年の間だけでなく継続して行われたため、長期にわたりキリスト教勢力の拡大に大きな貢献を行うことになった。

ラヴェンナが一時的に繁栄を謳歌した西暦五五〇年頃から二十年を過ぎると、イタリアを取り巻く状況は徐々に変化しはじめた。その後の約二百数十年の間にラヴェンナで起こった問題もさることながら、最も大きな変化を見せたのはローマを中心としたキリスト教の展開であった。この間、法王権は確立され、宗教の総本山としての地位を不動のものとし、ローマを取りまくランゴバルド、フランク王国、ビザンティン帝国等を対等またはそれ以上の権威により統制力を発揮できる基礎を作り上げたローマは、グレゴリウス一世を含むその後の歴代法王達により達成されたのである。

ビザンティン帝国のレオ三世は西暦七二八年に偶像崇拝禁止令（聖像破壊令）を発したが、この禁止令の目的については諸説があり、決定的な説は見られない。当時ビザンティン帝国はイスラムの攻撃を受け、また、内政の面でも混乱が現れ、克服するための行政改革が迫られていた。宗教に関しても聖画に対する異常な崇拝がみられ、この傾向がこれ以上進むと地上における神の代理人である皇帝を軽んずることになり、皇帝にとっては許しがたいことであった。さらに、宗教の推進役でもある修道院は、組織においても、土地・財産の所有の面においても強大になり、とくに課税の面での特権は税制上大きな問題を抱えており、これ以上組織が拡大することは行政の面でも多くの問題を引き起こしかねないと判断された。レオ三世のあとを受け継いだ息子のコンスタンティノス五世はこれを継承し、聖画のみならず聖像の崇拝を禁止し、この禁を犯すものは厳罰に処すという厳しさであった。この禁止令は国内の世論を二分するだけでなく、国外にも影響を及ぼすことになり、とくにビザンティン帝国の指導の下にあったローマ教皇庁ではその対応に苦慮する状況となった。早速、司教会議が開催され、教皇庁はこの禁止令に対し抗議し反対することになったが、この決議によりローマとビザンティンとのこれまでの平穏に見えた関係は、対立へと移行し、新たな転機を迎えることになった。

これまでビザンティン帝国とローマ教皇との関係は、皇帝が教皇を必要とし、教皇が皇帝を必要とするという相互依存的なものであり、ローマ法王の選挙がユスティニアス帝以来ラヴェンナ総督により認定されることになっており、またヘラクリウス帝以後はビザンティン皇帝自身の認証により教皇を認定していた関係も怪しくなってきたのである。そして、この偶像崇拝禁止令の問題を契機に、新しい転機が訪れることになった。レオ三世はこの問題に対しては強硬であり、密かに当時のランゴバルド族のリュートブラント王を通じ、ローマに圧力を加えてその履行を迫ったこともあった。コンスタンティノープルのハギア・ソフィア寺院をはじめイタリア教会では既に聖母、天使、殉教者等の聖像は廃棄され、ローマ法王に対しては恭順か、不服従の場合の降格か流刑の選択を迫った。ラヴェンナにも当然圧力を加えてきたが、町では聖像崇拝者の方が人数の面でも、その士気の面でも一応反対者を上回っていた。しかし、この対立は単に数字だけで割り切れるものではなく、市民のなかには正統派のキリスト教徒を始め、異端とされるアリウス派以外にもユダヤ教等の異教徒が見られ、いずれも偶像崇拝者が多く、また、これまでは相互の間に表立った宗派の対立が起こることは稀であった。そして、宗派にそれほどこだわらない市民も、日頃から礼拝し、崇拝し、また誇りとしているモザイク・ガラスの教会の壁画が禁止令により消え去ることは、我慢の限度を越えた問題であった。既にコンスタンティノープルのハギア・ソフィア寺院では内部を飾るモザイク画が塗りこまれ消え去ったことは耳に入っていたが、ラヴェンナの諸寺院は瀟洒《しょうしゃ》で人目を惹くような奇抜さもない平凡な建物であっても、ことモザイクに関しては、ラヴェンナのすべての寺院が優れているという自負を多くの市民は抱いていた。もし仮にこれらモザイクの壁画を壁のなかに塗り込んでしまうことになると、室内は教会というよりも、倉庫のようになることは明らかであった。偶像崇拝に対し内心好感を持たない人のなかにも、この宗教を超えた芸術品に蓋をすることに反対する人は多かった。

一方、今回のような禁止令による弾圧は、日頃から口に出さなくても心のなかに押さえ込んでいた異教徒にとってその不満を一気に噴出させるきっかけとなり、市民間の対立も徐々に複雑な様相を呈するようになった。対立は一種の宗教戦争であり、やがて内戦の様相を呈するようになった。その相互の抱く憎しみの気持ちは異常であり執拗であり、簡単に収拾できるものではなかった。そして、ラヴェンナで起こったこの小さな内戦の火に、さらに油を注いだのがレオ三世であった。彼はこの騒乱につけこみアドリア海に兵を派遣し、ラヴェンナを脅迫してその意思を押し通そうと試みた。市民はそれぞれの立場のもとに立ち上がり、小さな炎はやがて大きな戦いに拡大し、今回の戦闘はこれまでの敵と味方に分かれて戦うという単なる普通の戦争の図式ではなく、兵士一人ひとりの心の問題が掛かっていたので、真剣であり徹底的に結論を出そうという思いが強かった。これまでの隣人の付き合いや友人との交際も、宗教の戦いのなかで消え去ることが多かった。皇帝は単なる弾圧のために行った政策が、このような凄惨な結果になるとは、全く予期していなかった。

数年間戦闘が繰り返され、ポー川の水に多くの血が流され、町は殺伐とした雰囲気に陥り、皇帝の軍は引き揚げざるを得なかった。そして、この争いを阻もうとした総督は、民衆の抵抗によりその生命を失った。

ラヴェンナにおける凄じい戦いは教皇の耳に達することになり、その対応が急がれた。早速、教皇は各地から司教を集めて宗教会議を召集し、聖像を言葉もしくは行動で攻撃するものはすべて破門とするという決議を行った。当然ビザンティン皇帝もこの対象に含まれるべきであったが、教皇側も自らの身の安全を守る意味もあってか、皇帝からの「聖像崇拝とローマおよびイタリアの自由」の提案が確認されたとき、この峻厳な方針を緩め、イタリア国民にビザンティン帝国からの離脱を避けるよう説得した。それほど反ビザンティン、ローマ独立を叫ぶ市民が多かったのである。

また、ラヴェンナ総督はその城壁のなかに住むことは認められたが、これまでのような市民の統治者ではなく、権限を縮小された総督として統治を認められることになった。

ランゴバルド族はビザンティン帝国が保有していたローマやラヴェンナ等を除くイタリアの大部分の農村地域を支配し、これまでビザンティン帝国の領域に手を出すことはほとんどなかったが、過去においては西暦七一二年リュートブランド王のもと、相前後してローマとラヴェンナに攻撃を加えてきたことがあった。この戦争は、ランゴバルド自身本来侵略と略奪を好む民族であったので、混乱の状況にあったイタリアの都市部が無防備であるのにつけこみ兵を起こしたと考えられるが、結果的には彼らはローマ法王の勧告を聞き入れ、一応兵を収めることになった。軍隊を出動しても、それほど多くの収穫を期待できなかったからかもしれないが、当時ラヴェンナは難攻不落とはいえ、直接敵軍の攻撃に曝される経験をもっていなかっただけに、防衛に不安がもたれていた。そして、日頃から漁業や製塩を通じて交流があり、海に強いヴェネティア人の積極的な海軍力の応援により、この危機を克服することができたのであった。

しかし、西暦七五一年になり再びランゴバルドのアストロフォ王はラヴェンナに攻撃を加え占領し、王は堂々と「ビザンティン皇帝とローマ法王は両者ともにランゴバルドの敵である」ことを宣言した。ラヴェンナ市民は偶像禁止令時代の内乱で戦争の無意味さを体験したこともあり、また当時軍事力の面で弱体化し、内部の情報が漏れたことも相まってこれに屈伏せざるを得なかった。この結果ラヴェンナはビザンティン帝国の支配から離れ、その総督統治というラヴェンナの長い歴史に終止符を打つことになった。ビザンティン帝国のユスティニアヌス帝がかつてのローマ帝国の復活を意図し、東ゴート族を追い払いイタリアを自己の傘下に収めた努力も、ここに瓦解したのであるが、当時ビザンティン帝国は既に東方でサラセン人（イスラム）の侵略を受け、内政の面でも混乱していたので、イタリアには手が回らなかったのが実情である。この後アストロフォ王はローマ法王に対し、ランゴバルド王を合法的なイタリアの統治者として承認することを要求したが、その講和条件のなかにローマ市民に対し過酷な貢納等を義務づけていたので法王はこれを拒絶した。一方アストロフォ王はラヴェンナ総督に対しても多くの条件を要求した。金・銀等をふくむ財宝等の献上については言うまでもないが、そのなかに芸術的富の提出も含まれており、その条件としてラヴェンナが保有する最も美しい絵画が記録されている。王は芸術品に関心をもっていたことは事実であり、日頃からラヴェンナ宮殿に飾られている美術品に目をつけていた。ラヴェンナの市内には多くの彫刻が設置されており、市民はこれら彫刻を略奪されるものと覚悟はしていたが、かつて偶像崇拝禁止令による内戦のこともあり、彫像にはほとんど手を出さなかった。もし略奪により市民を刺激すれば、内戦のときと同じような激しい戦闘が再開されることを王は恐れていたし、当時の凄じい死闘を演じた市民の風評はイタリアでも高かったので、刺激することを極力避けたのである。そして、王の申し入れである「最も美しい絵画」が宮殿から外され、王に贈られることになったが、ラヴェンナにある最も美しい絵画が何であったかについての記録は残されていない。当時、イタリアにおいての絵画は、後になって発掘されたポンペイ遺跡に見られるように壁画が一般的であり、そこにはフレスコ画等が描かれていた。またそれ以外に、ギリシャで描かれ輸入された大理石板の絵や板絵の例もあり、絵画のモザイク複製も出現していたので、このような作品がその対象になったかもしれないが、恐らくラヴェンナのモザイク・ガラスの工匠達が描いた作品が含まれていた可能性は大きい。いずれにしろこのような被害を受けたのは初めての経験であったが、ランゴバルド族の占領はラヴェンナだけでなくローマにとって、また、イタリアにとっても危機的状況を示すものであった。教皇ステファヌスは早速ビザンティン皇帝であり偶像崇拝禁止者でもあったコンスタンティヌス五世に救済を求めたが良い結果は得られず、また、ランゴバルドのアイスツルフ王に直接侵略の中止を申し入れたが、これも拒否された。最後の手段として教皇はイタリアの北方で勢力を張るカロリング家のピピン（カール大帝の父）に援助を乞い、紆余曲折のすえピピンは自ら大軍を率いてアルプスを越え、ランゴバルド王国に侵入しイタリア中北部を鎮圧、この征服した地域を教皇領としてローマ教皇に寄進した。ランゴバルド王国はその後もささやかな抵抗を試みたが、ピピンによる再度の攻撃により西暦七七四年に滅亡し、イタリア中部で奪い取った広大な領地はローマ法王に返還され、教皇領として確保されることになった。

カロリング王朝のピピン王が引退した後、後継者であるカール大帝はその功績により後に教皇からフランス王とローマの名誉顕官の位階を贈られるが、それまですでにスペインを支配していた回教徒を討ち、さらにゲルマン族を平定、東方のフン族に属するアヴァール族を破って、西方の広大な領域を統一していた。彼はその時代の平均寿命に比べると比較的長寿に属し、七十二歳でその生涯を終えているが、その間彼の意図したローマ帝国の復活に関しては多くの歴史書に語られている。また、個人生活の面でスポーツ、狩猟、衣食等の好みや、さらに、結婚とそれを取り巻く華やかな女性問題等、話題に事欠かぬ帝王であったが、ここでそのことに触れるつもりはない。ただ、ローマ教皇からの救済を懇請された後、彼のとった行動は積極的であり、誠意に満ちていた。このことは教皇を感動させただけでなく、大帝の権力を維持し、それを高めることになり、その結果が西暦八〇〇年のクリスマスにおけるローマ皇帝の戴冠につながったのである。彼は西暦七七四年にイタリアを訪れているが、ローマでは丁重に迎えられハドリアヌス一世教皇をはじめ行政の高官や貴族は言うまでもなく、一般市民から「ローマの解放者、保護者」として大歓迎を受けた。そして、カール大帝の寄進もさることながら、租税収入の増大により疲弊したローマは回復に向かい、破壊された水道橋、教会やテヴェレ川の堤防は修復され、サン・ピエトロ大聖堂では一、〇〇〇個のシャンデリアが取り付けられ、銀色のタイルによる舗装が行われた。そして、これ以後ローマでは多くの教会や城壁が建設されたのである。

カール大帝は彼自身キリスト教世界の指導者を任じており、その使命に対し強い自覚を持っていた。そして、教皇に対してもその権限外である政治行動に対しては積極的に干渉を加えていた。ビザンティン帝国における皇帝と教皇との対立についてはサン・ヴィターレのユスティニアヌス帝とテオドラ皇后の壁画の問題でふれているが、この問題はカール大帝の時代にも解決されないまま残っていた。カール大帝の時代を経過した後、中世に近づくと教皇庁の租税収入は莫大となり、時には君主の収入を超え、教皇の政治的権力は増大したが、偉大なる君主になるほどこの信仰共同体の強さを予見していたものと思われる。ビザンティン帝国はカール大帝の皇帝権を認めることは、自国の権力の縮小につながるので容易に認めようとはしなかったが、西暦八一二年になり初めてカール大帝の帝位を認め、その代償として南イタリアの一部とウェネティアを手に入れることになった。これにより両帝国の国境が決まり政治的領域は明確になったが、宗教に関して言えば、両国ともに教皇権が浸透し、教会や修道院が政治と無関係に活動を行ってきたのが実情であった。このことは、まず教皇の下に巨額の収入がもたらされ、豊富な財源に基づく教会の建設や司教の養成等に力を注ぐことができる一方、ローマではカール大帝支配下の行政官により公共施設の建設や整備が進められることにより、都市を取り巻く環境がこれまで以上に美しく豊かになることを意味していた。このようにして、ローマはやがて宗教と政治が一体となった宗教都市として蘇ったが、一方これまでイタリアの総督の所在地として繁栄したラヴェンナは、その後どのような状況になったのであろうか。

ビザンティン帝国の支配から解放され、ランゴバルドの統治が始まって以後、ラヴェンナでは総督の地位は消滅したが、行政体自身にそれほど大きな変化は見られなかった。市民の代表で構成される議会の存続も認められ、またその議決に対しての干渉はみられなかったが、賠償金の負担への市民の不満は大きかった。ランゴバルド王アイスツルフはラヴェンナを占領したものの、ローマ法王がピピン王（カール大帝の父）に援助を求め、ラヴェンナやローマからのランゴバルドの追放を要請していたので、その結果によっては自らが不利になることは承知しており、手始めにまず美術品の略奪から実行することにしたのである。ラヴェンナ占領後二年目にランゴバルドはピピンの攻撃により撤退することになったが、そのあとのラヴェンナの町はローマとは地位が逆転し、直接ピピン王統治の対象から外れ、総督に匹敵する決定者不在のまま、町の運営が行われるようになった。

住民自治という言葉はよいが、当時ピピン王もその後継者であるカール大帝も自国フランクのことに関心はあっても、イタリア地域の細かい統治方針を示したわけでもなく、従って地方都市となったラヴェンナのような町は、「自分の町のことは自分で考え」ざるを得なくなったのである。そして、町の行政方針の決定は、町の自決機関で決定せざるを得なくなり、その点に関してはあまり問題は起こらなかったが、教皇権が強化されローマからの指令が教会を通じ伝達されると、教会側の意志を無視するわけにはいかなくなってきた。行政の面では、これまでも市民の意見を取り上げて運営してきたが、ことラヴェンナの教会に関してはローマの法王庁とは独立して市民の教会として維持してきただけに、教皇庁からの拠出金等の督促を受けることに対し、それを受け入れることは容易に納得できることではなかったのである。かなり以前のことではあるが、ラヴェンナを大司教の教区に申請しても教皇庁から受け入れられなかったこともあり、また、最近までほとんど崩壊寸前に陥りかけていた教皇庁が、カール大帝の出現により救われたばかりでなく、蘇生すると突然開き直って拠出金を要求するとは言語道断であり、賛成などできるものではないというのが市民の偽らざる気持ちであった。ラヴェンナ市民は、教会は自分たちで創るべきものであり、美しいモザイクも市民のものという伝統的な気風を強く持っており、教会はローマ教皇に属するものとは全く考えていなかった。

このような雰囲気の町に、カール大帝はたびたび現れることがあった。最初の訪問はラヴェンナのかつての総督府に対しての公式的な訪問であったが、帝は町のテオドリック宮殿と教会を見て、そのモザイク・ガラスの美しさに心から驚嘆した。とくにサン・ヴィターレのモザイクが取り巻く教会堂の室内を体験し、歴戦の皇帝もこれまで数多くの占領地で経験したこともない、教会の豪華さと華麗さに暫し絶句する状況であった。とくに金のモザイク・ガラスの背景により創りだされた壁画は彼の脳裏に強く焼きつき、いつかは彼の住む首都アーヘンの建物にも実現したいという意欲を持つようになった。これ以後彼はラヴェンナの町に関心を持ち、訪れるたびに寺院巡りをするようになった。彼の多趣味については先にふれたが、美術品にも多大の関心を持ち、またその収集家でもあった。彼が居を構えているアーヘンは、フランク王国の首都であり、古くから温泉の出ることで有名であった。彼は温泉プールをつくり、部下達と競泳しても負けないということを誇りにし、そのプールを自慢の種にしていたが、イタリアを訪れるたびにローマやラヴェンナの町の文化の違いとその深さを印象づけられることが多かった。彼はスペインやゲルマン族等の領地を視察しても、このような町を見たことはなく、また、ローマ人は優越感を持ちながら彼らを統治し、接触する異民族を蛮族と見なしている理由を理解できるような気がしたのである。アーヘンの町が後に中世時代のドイツ国王の戴冠式を行う町として有名になったのも、彼の歴史に対する理解と、都市の文化に対する認識の反映と考えられる。彼はそのためにもアーヘンに後世に残る建物を創り、帝政ローマ時代の再興の夢を果たしたいと考えていた。その建物の一つが宮廷礼拝堂である。この建物に関しては、一つは宮廷内での礼拝のための施設という説と、もう一つは帝墓——自己の埋葬殿として建立したという説がある。また、その建設期間もやや明確ではないが、帝位に就いてしばらくして訪れたラヴェンナのサン・ヴィターレ寺院に接した後であることは間違いない。というのは、この建物を造るにあたって、彼はサン・ヴィターレと全く同一と思われるような平面図を用いているからである。当時、彼の身近には参考となる建物らしい建物は見当たらず、また、このような規模の大きな建物を実現できる建築家や職人は支配領域にはいなかったので、ラヴェンナの協力を得て模倣したいと考えたのかもしれない。また、ローマ帝国が滅亡した後、北ヨーロッパで大規模な建物を建設する技術が衰退しつつあったこともその原因かもしれないが、大理石等の石やモザイク・ガラス等の加工や仕上げをすることができる熟練した名工も見当たらず、この建設のため最終的には必要な職人をラヴェンナから呼び寄せたと言われている。この建物は完成後相次いで増築が行われているが、最初にできた部分だけはサン・ヴィターレ寺院の平面図をまねて、その規模もほとんど同じである。サン・ヴィターレ寺院については既にふれているが、この教会堂も八角形で内側柱の直径は約一四・五メートル、外側は一六の柱で構成され、上部に丸屋根を載せている点、上部から光を取り入れるため窓を設けている点も共通している。しかし、室内の柱や壁面に貼りつけた石材は、後にふれるようにラヴェンナのテオドリック宮殿に用いられていた大理石や斑岩等と考えられる。

カール大帝はローマを最初に訪れた頃は町は疲弊しており、また、ランゴバルドを制圧するため最大限の努力を払っていた。この大帝の支援により、ローマは急速に安定を取り戻し、町は復興し、過去の繁栄を取り戻しつつあったが、この無心の援助に対し、教皇は絶えず口頭では感謝の気持ちを表していたものの、実質的な返礼は何一つ実現できない状況であった。たまたま、大帝が西暦七八四年にローマを訪れたとき、雑談のなかで教皇に対しラヴェンナの教会建築――おそらく、サン・ヴィターレ寺院と思われるが、その譲渡を懇願したことがあった。建物の一つをアーヘンに持ちかえり、新たに復元するという申し入れであった。最初は冗談かと思っていた教皇も、大帝が真剣に考えているのを知り、驚いたことは言うまでもないが、即答できることではなかった。後日を約して別れたあと、教皇を取り巻き討議が行われた。簡単に結論の出る問題ではなかったが、ハドリアヌス一世教皇は「教会の建物は、市民の信仰の問題もあり、かつての偶像崇拝禁止令のときの騒乱もあるので拒否すること。祭儀と関係ない建物であれば、ローマの救世主でもあり、解放者である大帝に感謝の気持ちを表すため承認せざるを得ない」ことを申し入れた。大帝は教皇の申し出でを快く受入れ、彼の好みでもあった総督の庁舎であったテオドリック宮殿を申請し、教皇の認可を得ることになった。大帝は喜んだものの、ラヴェンナにとってこの決定は迷惑至極なことであり、その後が大変なこととなった。

この件に関しては、ラヴェンナの町にほどなくこの教皇からの通達が届けられたが、それは議会に宛てたものであった。通達の決定に至るまでの話し合いはすべてローマで進められており、途中の段階でラヴェンナが相談を受けることは全くなかったので、その内容を理解するには極めて困難であった。ラヴェンナの主教からローマ教皇の趣旨を聞き一同唖然としたが、この一方的な通達はあっと言う間に町に拡がり、市民の怒りは偶像禁止の事件のとき以上に燃え上がったのである。市民の反対理由の一つはテオドリック宮殿のラヴェンナにおける重要性を教皇はどう評価しているのか、また、仮にイタリア再生に果たしたカール大帝の功績は偉大であるとしても、何故テオドリック宮殿を献上せねばならないのかということであった。西ローマが滅亡した後、東ゴートのテオドリック王の善政のもと宮殿が建設されて以後、約三〇〇年近く町の象徴として、また市民に親しまれてきた宮殿を、たまたま占領した蛮族王に奪取され、町から消滅することは許されることではなかった。もう一つの議論は、過去総督のもとイタリア地域を統治してきた行政的首都に対して、教皇が口を出す権限はないということであった。ラヴェンナの市民は落ちぶれたローマ教皇よりも、自分たちの選んだ主教の方がはるかに上位にあるという気位を持っていたし、教皇が関与すべきでない行政的問題に口を出す権限は認められないというのが反対理由であった。そして、テオドリック宮殿は市民の建物であって、教皇にはこれを左右する権限はなく、すべては市民がきめる問題であることを議決した。市民の決定に対し、ラヴェンナの大司教はこれまでの町の歴史を充分理解していたため、早速教皇に町側の拒否の連絡を行ったが受け入れられず、間に立った大司教も困り果て、行方をくらます事態にまでに発展した。やがてフランクの軍隊が町に集結する動きを見せ始め、以前ビザンティン帝国の軍隊が駐留し空き家になっていた兵舎に兵隊が常駐し、町の警備が厳しくなりだした。そして、宮殿の一部を取り壊し移動する旨の通知のもと、軍隊による分解と運搬が始まったのである。このような略奪はラヴェンナだけが対象とされたのではない。カール大帝が占領したイタリア領域のうち一部をフランクの領土とし、残りはこれまで無一文であり、今や貪欲な野望に走る教皇に献上されていたので、教皇庁は絶えずフランク側をむき、市民の側に立つことは皆無に近かった。多くの町ではキリスト教の司教が現世的な特権である町の行政権や司法権の行使、税金の賦課等を実施しており、絶えず軍隊の庇護の下に問題を解決していたのである。ラヴェンナにおける横暴な行動は、フランクにとっては当然のことであり、教皇も口を差し挟めない状況であったが、同時にラヴェンナ市民の怒りはフランクよりも徐々に教皇に向けられるようになった。かつて禁止令のときキリスト教を命懸けで守った市民の伝統は、ローマのキリスト教よりもラヴェンナのキリスト教を選んだのである。この市民感情はその後も続き、後々教皇との対立の大きな原因となった。

市民の抵抗する気持ちを行動に移すため、武力を持つことが必要であるが、当時は既に失われ、行動するためのきっかけも摑めず、また、相手のフランク軍の強力な軍隊に圧倒され、蜂起しようとする勇気も沸き上がることはなかった。厳重な警備が行われたためという一言に尽きるが、市民達の側にも取り壊されるのが自分達の建てた教会ではなく、宮殿であって良かったということで自らを慰めていたかもしれない。このため、唯一の抵抗の手段は、アーヘンの町に建設中の大帝の宮廷礼拝堂の建設から技術者、職人を引き揚げ、一切手を引くことであった。西暦七九六年頃に着工されて八年を経過しているこの建物も、ラヴェンナの建築職人や技術者の支援がなければ完成することは不可能であり、ちょうどこれから仕上げに入る段階にあたり、優秀な技術者の不在には苦労したようである。

テオドリック宮殿を解体し搬出するという約束になっていたが、内容は運びうるすべてを含むということであった。そして、すべてというなかには貴重な大理石や斑岩等の柱、モザイク、彫刻等が記録されており、敷石も含まれていたので、建物全部を意味していた。また、ローマ教皇の運搬の記録の中には、それ以後二回以上ラヴェンナを訪れたというカール大帝の白紙委任の記録が残されていることが判明しており、いかに徹底的に収奪したかを知ることができる。ラヴェンナには石が採れないため、ほとんど移入に頼っており、非常に貴重なものであったし、また、モザイクも煉瓦壁に取り付けられたものであって、簡単に動かすことはできなかったが、すべて解体し搬出された。その後西暦八〇一年には、テオドリック皇帝の騎馬像も持ち去られているので、それこそ根こそぎアーヘンに移動したことになる。この収奪のなかで一番最初に運び出されたのは金色を背景としたモザイクの壁で、崩れないよう慎重に取り外され、馬車に積み込まれた。アーヘンまでの約一、二〇〇キロメートルの距離を運ぶのであるから、丁寧に運ぶことを命ぜられていても、運搬の兵士の緊張がいつまでも続くはずがない。当時の幹線道路は舗装されていたとはいえ非常に簡素なものであり、ローマが繁栄していた時代に比べると道路の維持状態は極めて悪かった。カール大帝自身この衰退した古代ローマの道路網の再建を決心したことが記録されており、道路沿いの教会の司教や修道院等に報酬を提供し、地域住民の協力を依頼したがほとんど復興することはできなかったという。また、輸送に当たる馬車も、ローマ時代のそれに改良が加えられ、今回の輸送のため新たに四頭の牡牛のひくワゴンが開発されていた。この、これまでにない大型の馬車、いや牛車を「カール大帝が弱って馬に乗れないことを隠すために作ったもの」とか「騎馬に乗る体力がなく車で旅行するために作った」と記されているが、恐らくラヴェンナからの重量物を運び出すための牛車であったに違いない。

第一回目のモザイクの壁の輸送は度重なる悪路の振動で細片に破砕し、モザイク・ガラスと下地の壁は剝離し、またモザイクも個々に分解するものが多かった。これらは到着後組み立て不可能な状態になり、急遽ラヴェンナに対しモザイク工匠の派遣を依頼してきたが、「再生することは不可能であること」また「復元するよりも、新たに作るほうが簡単であるが、アーヘンにはモザイク・ガラスを創る窯も技術もないこと」を理由に断ることになった。同じ頃アーヘンの近くのケルンでもガラス器具が作られていた記録があるが、ラヴェンナのようなガラス絵画の発想等は皆無であり、大帝は諦めざるを得なかった。モザイク・グループの工匠達はこの結果を聞き、先輩工匠達の作った作品が戦争の結果とはいえ消失したこと、それでも彼らの技術的、芸術的水準が高く評価されていることを知り、複雑な気持ちで事態を受け止め、最終的にはフランクの横暴さに反撃できたことに心から喜んだに違いない。

ラヴェンナの町の発展に大きな寄与をしたクラッセの港も、ポー川上流の灌漑工事の影響を受け、たびたびの洪水と土砂の沈殿により、大型船の出入りどころか、海岸線がアドリア海にむかって移動し、陸地が拡がり昔の面影は全くなくなった。このため貿易港としての賑やかさも途絶え、やがてヴェネツィアにその地位を譲ることになった。

この後ラヴェンナは、かつての総督領を含み教皇の手のなかにその主権が委ねられることになったが、歴代教皇はラヴェンナの大司教に、強力でかつ危険な競争相手を見いだし苦労することが多かった。一二世紀のあいだ、ラヴェンナは経済的にも文化的にも、実り豊かな繁栄を続け、有名な法律学校も設立され、特に大司教のピエトロやゲルバート・ドゥオリャックのときにはローマに対して自主権を発揮し、町は大いに発展した。そして、教皇の権力に対して抵抗し、主権を主張し、ローマからの独立に成功することになったが、時には教皇から破門を受けてもその効果はあまりなかったという。その後はテオドリック宮殿のように建物が取り壊されるような事態もなく、市民とともに創り上げたモザイク・ガラスの教会は今もラヴェンナの町で静かに微笑んでいる。

参考文献（順不同）

1 BOVINI G., Mozaici di Sant'Apollinare in Classe di Ravenna, Il ciclocristologico, Firenze, 1958
2 Gianfranco Bustacchini, 'RAVENNA—Capital of Mosaic—', Salbaroli Publications, 1990
3 Hugh Tait (Ed), Five Thousand of Years of Glass, British Museum Press, 1991
4 C・フリーマン、J・F・ドリンクウォーター編、上田和子、野中春菜訳、小林雅夫監訳、図説古代ローマ文化誌、原書房、一九九六
5 G・ダウニー、小川英雄訳、地中海都市の興亡―アンティオキア千年の歴史、新潮選書、一九八六
6 H・W・ジャンソン、S・カウマン、木村重信、辻成史訳、美術の歴史、創元社、一九九三
7 R・マンフォード、生田勉訳、歴史の都市・明日の都市、新潮社、一九六九
8 R・J・フォーブス、田中実訳、技術の歴史、岩波書店、一九五六
9 アーミティジ、鎌谷親善、小林茂樹訳、技術の社会史、みすず書房、一九七〇
10 アルパイ・パシンリ、イスタンブール考古学博物館、一九九五
11 アンリ・ピレンヌ、佐々木克巳訳、中世都市、創文社、一九七〇
12 エドワード・ギボン、中野好夫・他訳、ローマ帝国衰亡史（全一〇巻）、筑摩文庫、一九九六
13 クリストファー・ヒバート、横山徳爾訳、ローマ　ある都市の伝記、朝日選書、一九九一

14 バナール、鎮目恭夫訳、歴史における科学I、みすず書房、一九七二
15 フレッチャア、古宇田實、斎藤茂三郎訳、建築史、岩波書店、一九二四
16 フェルナン・ブローデル、神沢栄三訳、地中海世界I 空間と歴史、みすず書房、一九九〇
17 ミシェル・カプラン、井上浩一監修、黄金のビザンティン帝国―文明の十字路の一一〇〇年、創元社、一九九三
18 ラスロー・タール、野中郁子訳、馬車の歴史、平凡社、一九九一
19 高橋榮一責任編集、世界美術大全集 六 ビザンティン美術、小学館、一九九七
20 堀米庸三責任編集、世界の歴史(三)中世ヨーロッパ、中央公論社、一九七四
21 坂本鉄男、イタリア歴史の旅、朝日選書、一九九二
22 川島英昭監修、読んで旅する世界の歴史と文化―イタリア、新潮社、一九九三
23 塩野七生、海の都の物語、中央公論社、一九八〇
24 和田廣、ビザンツ帝国、歴史新書A一七、一九九二
25 弓削達、ローマはなぜ滅んだか、講談社現代新書、一九八九
26 朝日百科―世界の美術二、朝日新聞社、一九八一
27 陶芸の美一三、一九八六年四月/五月特集:ヴェネツィア・ガラスとラヴェンナのモザイク、京都書院、一九八六
28 越宏一「サン・ビターレ聖堂の建築とモザイク―六世紀のラヴェンナにおける東西の出会い」『磯崎新+篠山紀信、建築行脚四 きらめく東方』、六耀社、一九八八

29 高山博、中東イスラム世界四　神秘の中世王国―ヨーロッパ、ビザンツ、イスラム文化の十字路、東京大学出版会、一九九五
30 鈴木薫、図説イスタンブール歴史散歩、河出書房新社、一九九三
31 陳舜臣、世界の都市の物語四　イスタンブール、文芸春秋、一九九二
32 栗田勇、イスラム・スペイン建築への旅―薄明の空間体験、朝日新聞社、一九八五
33 由水常雄、ガラスと文化―その東西交流、ＮＨＫ出版、一九九七

モザイクのきらめき
——古都ラヴェンナ物語——

2001年11月30日　初版発行

著　者　光　吉　健　次

発行者　福　留　久　大

発行所　（財）九州大学出版会
〒812-0053　福岡市東区箱崎7-1-146
九州大学構内
電話　092-641-0515（直通）
振替　01710-6-3677

印刷・製本　九州電算㈱

　ISBN4-87378-706-8